JN133975

大事なことがはっきりするささやかな瞬間

関係づくりが苦手な世代

ミハエル・ナスト
小山千早＝訳

新評論

まえがき

物書きを生業（なりわい）にしている生活において、お金に代えがたい瞬間というものがある。預金額が増えた通帳を見たときに感じる喜びよりも、ずっと持続力のある達成感を味わえる瞬間だ。数年前、その最たる例とも言える出来事に遭遇した。

ある日の午後、ドアベルが鳴り、郵便屋さんが小包を届けてくれた。送り主は、当時、僕がお世話になっていた出版社であった。入っていたのは、フランス語で書かれた一冊の本で、フランス語を習ったことのない僕にはその内容がさっぱり分からなかった。さらに言えば、添え書きもなかった。

僕が生まれ育った東ベルリンの学校では、ロシア語を習っていた。六年間も勉強したというのに、覚えている単語といえば一〇個ぐらいしかない。ということは、一年で二個にもならない……デキのいい生徒とはとても言えないレベルである。

さて、理解できないなりに送られてきた本をパラパラとめくっていると、どうやら教材であることが分かってきた。そして、ピンと来た！　ページをめくる手が早くなり、自分の文章がフランス語の教材に使われていると分かったときには驚いた。まるで、夢でも見ているような気分になった。

一行ごとに番号が振られ、隣のページにはその文章について説明がなされていた。これは、先に述べた達成感以外の何物でもなく、物書きとして味わった最高の瞬間と言えるものの一つである。

最近、フランクフルトで行った朗読会で、聴衆の男性から感謝の言葉をいただいた。彼は、僕のコラム「最後のログイン日時の意味するところ（Die Bedeutung eines "Zuletzt Online"）」[1]を読んだと言う。本書にも収録されている文章だが、次のように要約することができる。

「他人が何を考え、何を感じているかは分からない。僕たちは、他人の行動を勝手に解釈し、自ら考えたことにむっとしているのだ」

この文章は、数年来、口をきかない家族がいるというその男性の「家庭状況を映したものだ」という。彼は、即座に家族会議を開いてこの文章を読み上げた。すると、その日の午後には家庭の状況が一変したという。

「このコラムが、みんなの目を開かせてくれた」と彼は言い、僕に手を差し出した。「そのお礼を言いたい。ありがとう！」

そう言われても、どう答えていいか分からなかった。再び、夢でも見ているような心地がした。そして、これもまた、あの素晴らしい、本当に稀にしか訪れない達成感なのだと感じてしまった。

この男性の逸話は、本書のコラムをとてもよく形象していると思う。本書は、ハウツー本でもなければ、手引書でもない。もちろん僕は、心理学者でもなければ社会学者でもない。僕は観察者であり、語り手だ。本書の読者は、探し求めている答えをひょっとしたら行間に見いだすかもしれない。

僕の文章は、どちらかというと、人生をありのままに描こうとする娯楽文学の伝統を踏まえている。本物の人生を描き、そこから僕なりの結論を引き出す。僕自身、こと人生については、ハウツー本より優れた小説から多くのことをこれまでに学んできた。

(1)　本書の「続編」に収録されている。

本書『関係を築けない世代』（原書のタイトル）がオンラインマガジン「Im Gegenteil（逆さま）」に掲載されたとき、その夜からアクセスが急増してサーバーが何度もエラーを発し、ダウン寸前となった。一週目にして一〇〇万人がアクセスし、オンラインマガジンの運営者は、新しいサーバーを追加購入するという羽目になってしまった。

正直、このコラムの成功は驚きだった。ここに書いた文章は、これまでのものとほとんど同じで、アプローチの仕方は変わっていないのだ。

この数か月間、僕のところには何千通ものお礼メールが届いた。みんな僕の文章に感動し、心を揺り動かされ、読んだあとに自らの人生について考えさせられた、と感謝していた。「前から何となく感じていたことを、あなたが言葉にしてくれた」と、書いている人がたくさんいた。これは、執筆中にまったく意図していなかったことである。

たぶん、意図してできることではないだろう。どういうわけか、そうなってしまうものだ。しかし、これらのメールは、あの達成感でもあった。その一つ一つが、物書きである僕にとってはもっとも素晴らしい褒め言葉なのだ。なぜなら、読者の琴線（きんせん）に触れ、読者自身のなかに何かを呼び起こすことができたわけだから。

数か月前、一七歳の女の子からメールを受け取った。あまりにも驚いたので、僕にメールを送らずにはいられなかったという。彼女は、僕のある文章を読んでいた。その文章を最後まで読んでいた。

「私は普段、学校から強制でもされないかぎり、本はまったく読みません。でも、あなたの文章は、私たちの世代を本当に代弁してくれています。このような文章を学校でも読むことができたら、私たちはまた喜んで読書をするのに」

僕は頬を緩ませて、数年前、郵便屋さんがフランス語の教材が入った小包を手渡してくれたことを思い出した。

すでに述べたとおり、ハウツー本を求めている人は、本書では何も見つけられないだろう。そして、アイロニー（皮肉）を解さない人にとっても、本書はそれほど面白くないものとなるだろう。しかし、そのほかの人々には、本書を思い切り楽しんでいただければと思っている。

二〇一六年一月　ベルリンにて

ミハエル・ナスト

もくじ

パート1　完璧な愛という幻想

パート2 30歳は新しい20歳

大事なことがはっきりするささやかな瞬間——関係づくりが苦手な世代

Michael Nast
GENERATION BEZIEHUNGSUNFÄHIG

Copyright © Edel Germany GmbH 2016
This book is published in Japan by arrangement with Edel Germany GmbH,
through le Bureau des Copyrights Français, Tokyo.

パート1

完璧な愛という幻想

ベルリン・ミッテ区のおしゃれな一角

何をもって愛と言うのか

これまでの恋愛関係を振り返って、「僕は彼女たちのことをどんなふうに思っていたのだろうか？」と自問することが時折ある。つまり、「彼女たちを本当に愛していたのだろうか」と。

果たして当時の僕は、期待していた感情を、つまり恋愛で抱くべき感情を抱いていたのだろうか。そんな自問の瞬間が先日の月曜日に訪れた。

スイスの作家マックス・フリッシュ(1)は、日記のなかに二五項目の質問を書き留めている。今では、世界中で知られているものだ。そのなかの二つで、次のように問いかけている。

「愛している人がいますか？『いる』と言う人は、何を根拠にそう推断(すいだん)するのですか？」

何と素晴らしい質問だろう。いったい、何をもって愛というのか。誰もが一度は考えてみるべきことである。

ここで、ヤスミンの彼氏であるクリスティアンの話を紹介しよう。

数日前、僕はヤスミンに会った。会った瞬間から、彼女は何だかひどく混乱しているような感じがした。

「大丈夫？」と、僕は尋ねた。

「うーん、そうでもないのよね」と、彼女は言う。「ちょっと前に、彼と意見の食い違いがあったの」

「え？」と言いながら僕は、「意見の食い違い」という言い方がケンカのソフトな言い回しであると感じた。それは、ヤスミンが自らを落ち着かせようと使った、当たり障りのない言葉だった。

その予感は見事に当たった。ケンカの原因は浮気だった。

「彼、浮気は仕方がないことだって言うのよ。人間の本性だろうって。セックスは愛とは関係なく、みんなやってることだって」

「え⁉」ともう一度言いながら、僕は舌が硬直するのを感じた。

「彼は、以前付き合っていた彼女に浮気をされたから、自分だって浮気をしてもいいはずだ

（1）（Max Frisch, 1911～1991）『アテネに死す』（中野孝次訳、白水社、一九六三年）、『ぼくはシュティラーではない』（中野孝次訳、白水社、一九七〇年）などが邦訳出版されている。

って言うの。だけど、そんなことはもっと早いうちに話しておくべきじゃない。事が起きてから、実はこういうことなんだと言われてもね……」

「そうか〜」と、僕は顔色をうかがいながら答えた。「それで、結末は?」

「君には君の考えがあって、僕には僕の考え方がある。そこから最善策を引き出そうって……」と言ったかと思うと、ヤスミンは涙を浮かべた。

啞然として彼女を見つめた。ほんの一か月前、ヤスミンがクリスティアンと別れようとしたとき、彼は必死になって彼女を引き留めた。愛を誓い、毎日少なくとも三〇通のメールを送り、「君に一生の愛を捧げるから」と哀願していたのだ。

そんな思いが、わずか一か月後、「君には君の考えがあって、僕には僕の考え方がある。そこから最善策を引き出そう」という言葉に変わってしまった。

彼女を引き留めようと必死だったときにクリスティアンが感じていたのは、もちろん愛ではなかった。僕は、このことを彼女にはっきりと伝えた。彼の「愛」は、エゴ・トリップ(利己的な振る舞い)でしかなかった。彼における「愛」の対象は、一瞬たりともヤスミンではなく、ずっと彼自身であったのだ。

自分自身を確かめるために、彼には彼女の気持ちが必要だった。それは、彼女とはまったく無関係の話だった。

感情移入の能力のなさという意味では、クリスティアンはもちろん極端な例であり、その原型と言ってもいいだろう。でも、ほかの大多数の人間も大して変わりはない。みんな、彼のような恋をしており、ナルシスト的な恋にふけっているだけなのだ。

「あなたが恋をするのは、深い感情を満足させたいからではなく、むしろ自分の自尊心をくすぐりたいからです」

この文章は、「ホロスコープ（占星術で使う天体配置図）のどこが面白いんだかまったく分からないからいらない」と言ったにもかかわらず、特別な占星術ソフトを使って元同僚が書いてくれた、三〇ページにも及ぶ僕の性格診断に紛れ込んでいた一文だ。つまりクリスティアンは、占星術によると僕のような人間だったわけだ。そう思った瞬間、胃のあたりが不快にひきつるのを感じてしまった。

数日後、僕を不安にさせるこの共通項の話を「ゴールトフィッシュバー」[2]でティルにした。すると、彼は笑いながらこう言った。

「そんなこと言ったら、ほとんどのヤツはお前みたいな人間じゃないか」

大学で経営学と哲学を専攻していたティルは、この奇抜な組み合わせのおかげだろう、物事を啓発的に眺められるだけの目を養っていた。

「それって、社会のせいだよ。俺たちは消費社会の消費者だろ。欲求をかき起こす社会に生きているんだよ。欲しいものは、電話じゃなくて最新アイフォンだ。買い物をすれば少しの間だけ満足感を覚える、いわば束の間の幸福感だね。でも、これは持続する感情じゃないから、ずっと何かを買い続けなくちゃいけない。**俺たちは、永久に自分自身に不満足できなくちゃいけないんだ。このシステムが機能していくために。**残念なことに、俺たちはこれを人間同士の領域にまで応用してしまった」

ゴールドフィッシュバーの店内（Ⓒ Goldfisch Bar）

「人間同士の領域？」と僕は尋ねた。「どういうこと？」

「自分で自分を幸せにしてやれないっていう感情だよ。自分に感情が生まれる原因は、ほかのモノや人にあるっていうことだ。それが最新アイフォンだったり、引き寄せられる人間だったりするわけさ。それらは、まちがいなく自尊心をくすぐってくれる。でも、ただそれだけなんだ。結局のところ、俺たちは自分自身を愛することができなくなってしまったんだよ。自己愛とナルシズムをはき違えているのさ」

エーリヒ・フロム（Erich Seligmann Fromm, 1900～1980）が頭に浮かんだ。自分自身を愛する能力がなければ他人を愛することはできない、と考えた社会心理学者だ。それにしても……と僕は思った。自分自身を愛している奴なんかいるんだろうか？　自分の長所や、ましてや短所と、いったい誰が完全にけりをつけているというんだろうか。

そんな人を一人も知らない。僕たちは、ナルシスト的な社会に生きている。そして、ナルシズムは不安の表れである。すべての短所がフェードアウトしていく理想化された自己像と、自分の長所を永久に確認し続ける自己演出。自らをおもねるイメージを映してくれる好まし

（2）　ベルリン東部のフリードリヒスハイン区にあるカクテルバー。

い鏡を激しく求める感情、これがナルシスト的な愛だ。

人は、自分の欠点を見つめる眼差しを渇望したりはしない。自らが信じているものに対する確信を求める。あるイメージを他人のなかに映し出し、その結果、自分にピッタリの、でもその人自体とはまったく無関係な幻影に恋をする。自分自身に恋を、つまり自分が「こうありたい」と思っているイメージに恋をしたいのだ。

「ナルシスト的な恋というのは、自分自身を愛する捨て鉢の試み以外の何物でもない」

と、ティルは言った。こういう観点で見ると、なぜ恋に落ちるのかということに関して、非常に啓発的に眺めることができる。

僕たちの感情は、いったいどれくらい他人に関係しているのだろうか。僕たちは二つの性の共通した部分、または共有しあえる部分に惚れる。だから、デート中でも懸命に共通項を探そうとする。だから、デートというものは、どれも似たり寄ったりのものになる。

人は人に恋をするのではなく、その人がもつ自分に似た一面に恋をしているのだ。アプローチや考え方、抱いている希望といった事柄のなかで、自分と同じように見える部分に。

「愛は、一般的に幻想から生まれるものだ」とも、ティルは言う。

「愛は、絶対的なアイデンティティへの憧憬から生まれる。でも、絶対的なアイデンティティというものはもちろん存在しないから、愛は大きな勘違いから生まれる。『私たちは互いに思い違いをしていた。あのときはよかった』というセリフを知っているか？　この悲劇的な名文に、現代における大きな真実が隠れているんじゃないか。俺たちは、幻想に恋をしているんだ。パワーがもらえ、拠り所となってくれる虚像、偽物の何かに。しかも、この幻想がまた、現実よりずっと本物っぽく思えるんだな」

そう言うとティルは、目の前のドリンクを見つめたまま放心したように黙り込んだ。それから、パッと視線を上げて言った。

「基本的に、本当に本物なのは偽物だけなんだ。ほかは、どれをとっても惨めな試みさ。それも、失敗するということが決まっているね」

（おお～！）と、僕は思った。こんなことをあまり深く考えすぎるのはよくないかもしれない。ドリンクをチビチビと舐めているティルに視線を向けた。そして、このときがまさに、これまでの恋愛関係を振り返って、本当に誰かを愛したことがあったのかと自問している瞬間だった。

フェンディとシャネルのデザイナーだったカール・ラガーフェルド（Karl Lagerfeld, 1933

〜2019）が次のように言っている。

「私は興味をもっていることにしか才能がない」

これは真実を非常によく表した言葉であり、いわば僕の人生のタイトルともなる言葉だ。ラガーフェルドは、もちろん自分の仕事を指してこう言ったのだが、この一文を人間関係に当てはめてみると、いや、付き合っている女性に当てはめてみると、これがまた実に興味深い。

ティルと話したあと、僕は元の彼女たちに対する「才能」が自分にあったのかどうか自信がもてなくなってしまった。今思うと、ひょっとしたら僕は、彼女たちに接するだけの才能を得ようとするあまり、自分自身に構いすぎていたのかもしれない。もっと思い切った言い方をすると、ひょっとしたら僕の興味は、彼女たちと深く付き合おうと思うほど大きくなかったのかもしれない。

みんなと同じように、僕も自分が他人より特別な存在、独特な存在だと思いながら生きてきた。言うまでもなく、このような意識をもっていると、他人とかかわることがどんどん難しくなっていく。そして、まさにこの問題を克服することこそが「愛のもつ役割」だと僕は思う。

恋をしたら、つまり本当に誰かを愛したら、そんな構造や社会的な慣習などはどうでもよくなる。本物の愛は、僕たちが再び人間になり、この社会の「退廃商品」でなくなるチャンスを与えてくれるはずだ。

愛は脱出の機会、この構造から離れ、観点を変える機会なのだ。

愛は、社会が僕たちに求めているエゴイズムを置き去るチャンスであり、抜け道なのだ。マックス・フリッシュの「愛している人がいますか？『いる』と言う人は、何を根拠にそう推断（すいだん）するのですか？」という問いかけに対して、作家のジョナサン・フランゼン（Jonathan Franzen, 1959〜）が次のように答えている。

「私の心がそう言っているから。それは、私の利己心が衰退していることによって、はっきりと証明されている」

これ以上の名回答があるだろうか。

僕は最後に付き合った彼女とも別れてしまったが、付き合っているとき、自分についてずいぶん多くの発見をした。彼女は、僕自身が認めたくない事柄をそうっと気付かせてくれる鏡だった。彼女を通して、観点が変わったことだけはまちがいない。言ってみれば、新鮮な目で自らを再発見しただけでなく、新しい長所が見えると同時に欠点が見えたということだ。つまり、まだまだやるべきことがあることを知ったわけだ。

誰かを愛すると、もっといい人間になろうとする深い刺激を、自分のなかに引き起こすような気がする。

これは、自分のためだけでなく、相手のためでもある。事実、元の彼女たちは実際に僕のなかにそれを引き起こしてくれた。ずっと続いていたわけではなかったが、繰り返しそれは起こった。彼女たちは、我欲を乗り越えたいという思いを僕のなかに引き起こさせた。もっといい人間になろうという気持ちを。

そして、これこそが、愛が僕たちに与えてくれる素晴らしい可能性なのだ。もっといい人間になろうとする可能性——僕たちは、それをうまく利用しなくてはならない。

2 友達のままでいようよ

男女の間には、一瞬なんでもないように聞こえるけれど、実はとても残酷な言葉が存在している。僕のよき友人マルクスは、最近、そんな言葉の一つに直面した。それは、こんなセリフだった。

「友達のままでいようよ」

数か月前から、僕はマルクスと頻繁に会うようになった。彼の心を占めていることについて話し合い、一緒に分析できる相手が今の彼には必要だった。というのも、彼は今、恋をしているからだ。それも、一方通行の恋を。

今年の夏から、彼はよくヨゼフィーネと会っている。彼女のことを本当に気に入っているのだが、自分が一歩近づこうとすると、彼女が尻込みをすることにも気付いている。はっきりしない態度で、するっと彼を避けるのだ。もっとも、彼女がそのような態度を取るだけの根拠はたくさんあるのだが。

マルクスは僕と会うたびに、彼女がなぜ自分の思いを受け入れられないかという新しい理由を説明した。最初のころは、「前の彼のことがまだ尾を引いているから」と言っていたが、しばらくすると、「彼女には男性全般に対する不信感があって、まだ誰とも付き合えないんだ」と言うようになった。そして彼は、次のようなメッセージを受け取った。

「でも、付き合えるようになったらあなたがいいわ。あなたが最有力候補よ」

最有力候補？　僕の疑問はただ一つ。それは、いったい何に対して最有力なのか？

マルクスが会うたびに見せるので、僕も彼女のメッセージをほとんど読んでいた。そして、彼に希望を与えるために、そのメッセージについての解釈や分析を試みた。

たとえば、こんなメッセージがあった。

「あなたのような人が一緒にいたいと言ってくれるなんて、私はとっても幸せな人間だと思うわ。あなたはとても素晴らしい人よ。でも、なぜか最後の一歩が踏み出せないの」

希望というものがあまり読み取れないメッセージだ。この女性が彼に気をもたせていることは明らかだし、彼をもてあそんでいることも明らかだ。ひょっとしたら、彼女はそのことをまったく自覚していないのかもしれない。彼のことを好ましく思っているが、ただそれだけなのだ。

人から求められるということは自尊心をくすぐるものだ、ということを忘れてはいけない。それが望みのない求愛だと分かっていても（あるいは、分かっているからこそ）。

彼女は楽しみ、マルクスは苦しんでいる。

いわば彼女は、彼の苦しむ様子を楽しんでいるのだ。とはいえ、できればだが、その苦しみを本当は分かっていないことを願う。僕は、誰も悪者にしたくないから。

月曜日にまた、マルクスとベルリンのトーア通りにあるカフェで待ち合わせをした。一〇分前に着いたのにもかかわらず、彼はすでに窓際のテーブルに座っていた。彼は、僕が座るのを待たずに携帯電話のディスプレイを見せた。そこには、あの残酷でいて、何気なく聞こえてしまう言葉が映っていた。

「あなたはとっても素晴らしい人よ。私にはもったい

トーア（Tor）通り

ないわ。友達のままでいましょう」

「いましょう?」、おかしいだろう。こういう場合、この「いましょう」という言葉は、二人の関係が少なくとも友人関係からはじまったときにしか使えないはずだ。その、いわゆる友人関係がはじまったときから僕とマルクスは頻繁に会うようになり、話の内容は絶望的になる一方となった。だから僕は、最初からすでに疑いを抱いていたのだ。

「どう思う?」と、マルクスが言う。

「そうだなぁ」と僕は言いながら、まずは腰を下ろした。それからホールスタッフに合図を送り、カフェオレを注文した。

「友達ねぇ、それでいいのか?」

「当たり前だよ」と、マルクスはちょっと慌て気味に言った。「彼女は、人間として本当に素晴らしいんだ。人間としての彼女を失いたくないんだ」

僕は、気持ち悪い悪寒を感じた。突然、ひどく身体が凍えたり、ひどく嫌な、あるいはひどくやりきれないことについて考えたときに感じるあの悪寒だ。明らかに、非はマルクスにあった。彼のセリフとヨゼフィーネのメッセージの響きは、ほとんど同じだった。どうやら彼女は、マルクスをすっかり自分のペースに同化させたようだ。

カフェオレが運ばれてきたとき、僕のなかにこのセリフを使う自分の姿が浮かび上がってきた。

「友達のままでいようよ」

このセリフ、僕は本気で言うわけではない。興味がないということを、別の言い方で表現しているだけだ。そう思うと、これは人をバカにしているセリフではないか。

このセリフに付随する褒め言葉のほとんどは、相手を傷つけすぎないようにと配慮された空疎な決まり文句でしかない。そう、見栄えのよいパッケージなのだ。相手が嫌いなわけじゃない。その人を傷つけたくない。でも、今のところは、側にいて欲しい相手ではないということだ。

マルクスにとって、これが望みのないシチュエーションだということはさておき、次の問いかけをしてみるべきだろう。いや、そもそもそれは可能なのだろうか。

つまり、男女間で友人関係は成立するのか。

「男女間の友人関係？　そんなものはない」と言い切ったのは、知人のダーフィトだ。「もっとも」といったん言葉を切ってから、「ブサイクな女なら別だけど」と続けた。

これは、もちろん分かりやすい誇張であり、基本的に彼は正しい。男女間の友人関係はある。それが成り立つかどうかは性的魅力が決め手となる。性的なものをフェードアウトできれば、また両者ともが恋愛関係に発展する望みをもたないのであれば、男女間の友人関係は可能だ。

僕が「女友達」と呼べる女性を思い浮かべたとき、そのなかに寝てみたいと思う女性は一人もいなかった。

一人、すごく仲のいい女友達がいる。ユーモアの感覚が同じで、あれほど奔放に笑い合える人はそういない。彼女はケルン（Köln）に住んでいるので稀にしか会わないが、久しぶりに会っても、ほんの数日前にも会っていたかのような感じがする女性だ。ところが、彼女と寝るということを想像すると、胃のあたりに不快な圧迫を感じてしまう。そう、彼女とは野郎同士のような付き合いなのだ。

残念なことに、僕はそれを彼女に言ってしまうという失敗をやらかしてしまった。悪い意味ではないにしろ、彼女はやっぱり傷ついた。もちろん、彼女は今でもそのことを根にもっている。

もしかしたら、元の彼女との間なら友人関係も可能かもしれない。お互いによく知っていて、それでいながら恋愛となるとうまくいかないことがお互いに分かっている。これなら、プラトニックな関係を築くことができるかもしれない。

いつだったか、ある知人から、ものすごく好きだった初恋の人と別れて、しばらくしてからまた会ったときの話を聞いた。彼女と話すことが山ほどあるだろうと、彼はワクワクして出掛けていった。少なくとも、その夜、会っている間は共通の過去を取り戻せるかもしれないと期待していたのだが、会っているうちに、付き合いが終わると同時に話すことも尽きるものだと悟った。共通の事柄が何もなく、話すべきことが何もなかった。

そんなことを思い返していたら、僕は元の彼女の誰とも、すでにコンタクトがないことに気付いた。

知り合いに、「元の彼女のなかで、一人だけ友達でいられる女性がいる」と言う男がいる。

彼は、「性的にもう興味がなくなった」と言っていた。
「彼女とは、二日に一回はケンカしていたよ。二年後、僕と彼女を結び付けていたのはトラブルだけだった。彼女と寝ることはもうできなかった。勃起すらしなくなっていたよ」
彼は、彼女に対して性的な意味で不感症になっていた。どちらかというと、彼女は妹のような存在だった。だから、この二人の友人関係は成り立っているわけだ。彼の友達の多くは、二人が密かに関係をもっていると思っているようだが、実際は何の関係もない。彼はそれを笑い飛ばしているが、彼の友人たちの推測も決して的外れではないだろう。

男は実際、一夫一婦制を貫くようにはつくられていない。男は狩りに出るものだ。

これは、進化生物学的な理由による。男は繁殖したい、これが本能なのだ。ある男が、たとえば一年に三〇人の女と寝るとしたら、おそらく一人の女としかセックスをしない男よりも多くの子孫をつくることになるだろう。ところが、一人の女が同じ期間に三〇人の男と寝ても、セックス相手が一人しかいない女よりも多くの赤ん坊を産むことはできない。つまり、一夫一婦制という宗教的なこのコンセプトは、僕たちの欲求をコルセットに押し込んでいるだけなのだ。

男が女を裏切ったら、女は間違いなくその男と別れようとするだろう。パートナーである女性を傷つけずに自分の本能を追い求めるのであれば、男は自制し、何か別の方法を探さなくてはならない。そして、その方法が実行されるのは、何よりも頭の中となる。つまり、魅力的な女性を目で追うとき、もしくはオナニーをするときだ。

僕は、彼女とほとんど寝ることがないという男を知っている。その彼女は、仕事で何日か留守にすることが多いそうで、彼女がいなくなると彼は、多いときには一日に五回もオナニーをしている。


彼は本能の奴隷となっている。


自分の殻から抜け出せないでいるのだ。インターネットでもっともよく見られているのがポルノサイトであることには、やっぱりそれなりの理由があるようだ。

男女間の友情について言えば夢も希望もなくなるようなこんな思いを胸に、僕は再びマルクスとの会話に没頭した。カフェオレを一口飲み、途方に暮れた彼の顔を見た僕は、テッド・モズビー（Ted Mosby）を思い出してしまった。テッド・モズビーは、アメリカの人気テレビコメディシリーズ『ママと恋に落ちるまで（原題「How I met your mother」）』の主人公だ。ここで語られるテッドの体験が、僕にはマルクスの話の予告編であるかのように感じられた。

シリーズ第一弾の初回で、テッドはロビン・シャーバスキーという名の女性に恋をする。名前から想像するよりずっとチャーミングな女性だ。二人は交際をはじめ、ロビンはすぐにテッドの親しい友人の輪のなかに入る。そのあと二人は別れるのだが、何度もよりを戻そうと試みる。最後には、ロビンがテッドの親友の一人と付き合い出す。だがそれでも、テッドはまだ彼女のことを忘れることができない。知り合った女性はすべて、彼女の代わりでしかないようだ。

このシリーズは九シーズンまであり、全一九六話を数える。ロビンは、仲間の一人として常にテッドの近くにいる。最後のシーズンで彼女はテッドの親友の一人と結婚したため、今なお彼女を忘れることのできないテッドは二人から遠ざかっていく。

語り手はテッドで、主人公も彼だ。僕はこの人物像をあまりまともに受け止めることができず、その理由は何だろうといつも考えていた。そして、あるときに気付いた。彼は敗者だったのだ。彼に何となく親近感を感じたのは、片思いをしていたときの自分を彼のなかに見いだしていたからだ。つまり、彼を好ましく思うのは、彼に同情しているからだった。

ああ、テッド。ああ、テッド。

まだ午後三時だったが、僕はビールの大ジョッキを注文し、目の前に置かれたマルクスの携帯電話の明るく光っているディスプレイを眺めた。

「お前ら、電話で話すの?」と、僕は聞いた。「それとも、メッセージだけ?」

「そうだな」とマルクスは答えた。

この返事で十分だった。これまで二人が培ってきたものが何だったのか、もしかしたら、彼もこれではっきりと自覚したかもしれない。

ジョッキが運ばれてきて、僕たちは乾杯をした。そ

ドイツと言えばやっぱりビール?

して僕はマルクスに、いかにも僕の知り合いに起こったことのようにテッドの話をした。脚本家が考えたつくり話じゃないかとマルクスに言われないように、そして、現実には起こり得ないことだと言われないようにするために。

僕が話している間、マルクスはどんどん絶望的になっていくように思えた。結果的には、彼の希望を奪い取ってしまったようだ。でもこれは、ヨゼフィーネとは違う、本当の友人としての行動だった。

いずれにしても、最後は彼が自分で決めることだ。彼にとって、彼女はいないほうがいいのだということに気付くまで、彼もテッドのように、一人でそこに向かって漕ぎ続けなければならない。

とはいえ、テッドはもちろんラッキーだ。なぜなら、彼はアメリカのテレビシリーズの登場人物でしかないのだから。それに、最終回では、ロビンとの将来への希望も見えてきた。でも、現実はこうはいかない。

残念ながら、マルクスは一人で切り抜けなければならないのだ。僕は話しながら、（ああ、マルクス）ともの悲しく思った。

ああ、マルクス！

3 別れについて考えよう

次のような経験をした人がきっといるはずだ。

友人が彼女と別れることになった。実をいうと、自分はその彼女をあまり好きではなかった。傷心の友人と会う。友とは、こんなときのためにいるものだ。そして、彼女のことを自分がどのように思っていたのか、ようやく本当のことが言えるようにもなった。

友人の彼女や彼自身のことについて、あるいは二人のことについて、本当のところどのように思っていたのかということを、当人たちが別れてから口にする――こういう人は多いだろうし、確かに分別ある行動だと言える。

二人の問題に他人の自分が口を出すなんて、やはり誰もしたくはないだろう。そのカップルが、全然お似合いじゃないのに何年間も一緒にいたりするときも、そしてどんなわけがあるのかは知らないが、幸せどころか満足感さえ抱いていないにもかかわらず付き合い続けているときも、やはり口出しをする気にはなれないものだ。

このような関係は、いったい何年くらい続くものなのだろうか。この謎に、僕は繰り返し悩まされてきた。たとえば、一生涯続くことだってありえるのだ。そんなカップルをくっつけているものは何か、と僕はやはり不思議に思っている。

二人をつなげている何かが存在するはずだ。何かがそこにあるはずなのだ。何かが！　でも、どうしても見つからないことがある。

最後にこの疑問に襲われたのは昨年の夏だった。そのとき僕は、旧友のシュテファンに、本来すべきではないアドバイスをしてしまった。心地よい夏の昼下がり、僕たちはフリードリヒスハイン市民公園のなかにある「シェーンブルン・ビアガーデン」にいた。ずいぶん久しぶりだったので、話に花が咲いた。

彼の生活は順風満帆のようだった。三歳になる娘の話をする彼の目はキラキラと輝き、その母親である彼女と、分譲マンションを買う計画を立てたところだった。仕事もすべて言うこと

シェーンブルン・ビアガーデン（Ⓒ RESTAURANT SCHOENBRUNN）

なし、何もかもがバッチリという状況だった。ところが、二杯目のビールが運ばれてきたときにあることが起こり、彼の様子が一変した。

シュテファンの携帯電話が鳴った。彼は笑いながら、ジャケットの内ポケットからそれを取り出した。ディスプレイの名前を見た途端、顔色が変わった。すでに、笑みは消えていた。彼はためらった様子で、嫌悪感をにじませながら手にした携帯電話をじっと見ていた。まるで、いい雰囲気をぶち壊されたとでもいうように。

「出れば」と僕は言った。

「いや、いいんだ」

着信音が鳴り止むと、彼はマナーモードにして、とても大事そうに携帯電話をテーブルの上に置いた。そして、「じゃあ」と言いながらグラスを手に取ったので、僕もグラスを掲げて乾杯をした。

グラスがテーブルに置かれると同時に、彼の携帯電話がまた震え出した。しばらくするとまた、そしてまた。バイブレーションは止むことなく繰り返され、僕たちの会話を伴走し続けた。言うまでもなく、それが理由で会話は途切れ途切れとなった。

「いったい誰なんだよ?」と、我慢しきれなくなって僕は尋ねた。

「彼女なんだ」と、シュテファンが言う。「俺たちが今日会うことは、ちゃんと知っているのに……」

「出ればいいじゃん」

シュテファンは「いいんだ」と言いながら、払いのけるような仕草をした。まだ何か言いたかったようだが、思い直して口を閉ざしたような感じだった。それから、こう言った。

「よし！　ちょっとだけ話してくるよ。すぐに戻るから」

そして、携帯電話をつかんで立ち上がった。

「ちょっとだけ」というのは、一時間ほどだった。この「ちょっとだけ」の間に、僕はビールを二杯お代わりした。この間、ビアガーデンの前に広がる深緑色の原っぱを、激しいジェスチャーを交えながら歩き回るシュテファンを眺めていた。そして、シュテファンが一時間前に話した完璧な世界を現実が砕き割ったことを悟った。

念入りにつくられた外観にヒビが入ったのだ。でも僕は、その状況の凄さを本当に分かっていなかった。まだ、このときは。

テーブルまで戻ってきたシュテファンは、立ったままビールを一気に飲み干し、決然たる様子でグラスをテーブルの上に置いた。

「いったいどうしたんだよ？」
「実は……」と言いながら、彼は覚悟を決めたように座った。それから、心中をぶちまけた。
恋に落ちたばかりのころには恋人とばかり一緒にいて、友人と会う機会が少なくなること
がある。ごく当然のことだ。新しい愛に多くの時間を費やし、友人は後回しになるのだ。僕
にも心当たりがあるし、誰にでもあることだろう。でも、そのような状況は、ある程度の時
間が過ぎると元に戻るものだ――普通は。
　シュテファンはというと、すでに五年もアンニャと一緒にいるのに、この間ずっと、彼の
生活のなかに友人が現れるというのは稀であった。
　はじまりは、アンニャが彼に「休肝ウイークを取り入れよう」と提案したことだった。そ
れは、なんの問題もなくはじまった。シュテファンも乗り気になって同意したのだ。ところ
が、その週末、滅多にないことに友人たちと突然会うことになり、彼はビールを二杯飲んで
自宅に帰った。すると、「信頼を裏切った！」とアンニャに詰め寄られた。
「もう、あなたを信頼していいのかどうか分からないわ」と言い、「どちらにしてもあなたは、
友達と一緒にいるほうがいいのよ。私といるときよりも楽しそうだわ」と彼を責めた。
　その後、シュテファンは、友人と会う貴重な夜のことをどのように彼女に説明すれば、そ

のあとの数日間、彼女と穏やかな関係を保つことができるのかと考え、ある戦略を思いついた。

二人の間には「段階的緊張緩和戦略」が一貫して流れているようで、シュテファンはその戦略をどのように構想し、改善してきたかを、いわば「絶望的な陶酔」のなかで僕に語った。戦略について考えることは、もはや彼の趣味となっていた。

しかし、その効果が現れることはなく、争い事は増えていくばかりだった。正確に言うと、二人はケンカばかりしていた。

アンニャの論拠はどんどん感情的になっていった。もっとも、彼女の論拠をそもそも論拠と言っていいものかどうか、シュテファンにも確信はなかった。おそらく、そんなことはどうでもよかったのだろう。

「二人の間には、もう話し合いの余地はない」と、シュテファンは言う。もとより、付き合い出したときから二人の話はかみあっていなかった。

かつてアンニャは、あるケンカを「このクズ男！」という一言で締めくくったことがある。そのとき、彼女の腕には娘のミアが抱かれていた。ミアが大きな目で怯えたようにシュテファンを見つめている間、彼はこのシーンを誰かが見ていたらなんと思うだろうか、と考えていた。

それは、民放のリアリティー番組でよく見かける、不遇の家族にありがちな情景だった。そう思っただけでもショックだった。それ以来、彼は彼女の攻撃をかわすようになった。

このような経緯（いきさつ）を聞いた瞬間、僕はパッと身を起こした。

僕には、恋愛関係に求めていることがある。ナイーブなのかもしれないが、恋愛関係というものは、パートナーが互いに力を与え合うためのものだと思っている。しかし、アンニャは、なんだかブラックホールのように思える。与えたものをすべて飲み込んでしまうブラックホール――何も残さずに、何も返すことなく。

「彼女とはまだ寝ているの？」と、僕は尋ねた。

「まあね」

元々それほどセックスをしていなかった二人だが、この数年間、とくにアンニャが妊娠してからは「まったくしていない」と言う。今、ミアは三歳だ。ということは、四年間もセックスレスなのだ。

四年間「禁オルガスムス」――彼は、自分で自分を慰めることすらできなかった。常に彼女が側にいたからだ。そう、彼女はいつもそこにいた。もちろん、オフィスで、なんていうことも彼にとっては論外だった。

前回のクリスマスパーティーで、彼は酔っぱらって同僚の女性にキスをした――二〇分間。癒された気分だった。もう、アンニャの目を直視することができなくなるかもと思いつつ、やっぱりこうでなくっちゃ、という気がした。でも、翌日、彼女と向かい合う朝食のテーブルはこれまでどおりだった。罪悪感は少しもなかった。

もっと動揺するかと思っていたが、本来感じるべき動揺よりも小さなものしかなかった。シュテファンは仕事に没頭した。そこが彼の逃げ場だった。そして、数か月前から、最後にオフィスを出るようになった。それが理由だろう、彼は常に疲れていた。

だが、このときシュテファンは、崩れかけている外観を保ち続けている理由として、それしかほかに残されているものがないからだということに気付いたようだ。

「いったいどうしたらいいんだ」と、話し終わったシュテファンが言った。

（ウーン）と、僕は思った。どうしたらいいんだ？

二人の間に、すでに恋愛関係はなかった。二人はその残り滓を育てているだけだ。それも、かなり長い期間にわたって。

そう思うと、僕は「別れろ！」と言ってやりたかった。でも、そんなアドバイスをすることがどんなに不遜なことか、よく分かっていた。そんな重大な影響を与えるアドバイスができるほど、僕は二人の仲のことを知っているわけではない。僕は、シュテファンの言い分を聞いただけだ。それに、子どももいる。そうなると、僕の手には余る。

「子どものためだけに、夫と別れずに暮らしている女性をたくさん知っている」と話す女友達もいる。子どもたちが独立して家を出る日を、やっとのことで別れられる日を、指折り数えて待っている女性たち。

「すべてが崩壊するまで、きれいに体裁を繕っているのよ」と、彼女は言っていた。

これが子どもにとってベストなのかどうか、僕には分からない。ゆえに、干渉したくなかった。でも、こうやって話をすれば、シュテファンが自分のことや人生を思い返し、正しい結論を見つけるための助けになるだろうと思ったので、こう言った。

「土曜日の都合はどう？　また、ビールでも飲みに行こうよ」

「土曜日？」と、シュテファンはゆっくりと繰り返した。「ちょっと急だな。まだ分からない。いや、ダメだろうなあ。アンニャに聞いてみないと、お許しが出るかどうか……」

（なんだって！）と僕は思い、それをそのまま口に出した。

「じゃあ、いつならいいんだよ」

「そうだな……そうだ、お前の誕生日にしよう」と、シュテファンはずいぶん躊躇してから言った。

「俺の誕生日？　それって二月だけど」

「そうなんだ。でも、それくらいでちょうどいいかもしれない」

もう何と言っていいのか分からなくなり、「そうか」とだけ僕は言った。

彼ら二人の間では、役割が分担されているようだ。そして、この様子では、その役割を振り分けたのはどうやらシュテファンではなさそうだ。

そして、やってしまった。僕は、やってはならないアドバイスをシュテファンにしてしまったのだ。

「彼女と別れろ！」と強く言ってしまった。「頼むから、その女と別れてくれ」と。

シュテファンは僕を見た。それは奇妙な瞬間だった。緊張感がみなぎっていた。切れる直前の、張り詰めた弦のようだった。そして、シュテファンが言った。

「お前の言うとおりかもしれない」

どうやら、弦が切れたようだ。この瞬間、僕はもはや外側にいて傍観する人間でなくなった。今や僕は、このゴタゴタの一部となり、この話の登場人物になってしまったのだ。

何よりも、アンニャの内面的資質を考えれば、事態が紛糾する可能性は「無きにしも非ず」だった。僕の目の前では、すでに、自らの決意を伝えたシュテファンが彼女と言い争いをしていた。そして、「そうそう、そういえば……」というシュテファンの声が聞こえてきた。

「ミハエル（著者）にもそう言われたんだ」

シュテファンの生活が崩壊した半年後、僕と彼が会っているシーンが頭の中に浮かんだ。「別れるべきだって、お前が言ったんじゃないか」と、オロオロした声で責められているシーンだ。

少しそのことについて考えた。そして、僕の行動は正しかった、と思った。何も言わずにいたら、きっと一生自責の念に悩まされていたことだろう。世間には、体裁を繕うためにしか機能していない関係がある。もちろん、自分自身に対しても。

現実を見たくないから、変化が怖いから、あるいは核心にあまりにも近づきすぎたから、人は体裁を繕う。何に対してもあれこれと調整をしながら、人は都合を合わせようとするのだ。

だから、友人がいる――正直になるために。本人の目を開かせ、第三者の目で本人の恋愛関係を見させるために。しかし、それができない人がたくさんいる。

あれから数か月が経った。二人は別れていない。少し前、分譲マンションに引っ越しをしている。仕事も順調で、順風満帆。二人は完璧なカップルだと言われている——完璧な家族だと。

外観はバッチリだ。体裁は再び取り繕われた——自分自身に対しても。二人はこのままやっていくだろう。ずっとこのまま。

（そうだな）と、僕は思った。人生はそうやって過ごすこともできるのだ、残念ながら。たぶん、そう言わざるを得ない。

4 ミングルと人について

数日前、ある女性記者のインタビューを受けたとき、「愛というテーマは、いつか語り尽されると思いますか？」と聞かれた。少し迷ってから、僕は「そんなことはない」と答えた。「今の社会に生きる人々は、未曾有の速さで変化している。そして、その変化とともに愛を取り巻く実状も変わっている。このテーマは、常に新しいマテリアル（素材）を得るので語り尽されることはないだろう」

そして、カフェオレを一口飲んでから続けた。

「今は、それがミングルでしょ」

彼女は頷いた。僕の言っていることをちゃんと理解したようだ。

「ミングル」と聞いてピンと来ない人のために、ちょっと説明をしなくてはならない。ついては、かなり気になるトーマスとの会話を紹介しよう。

仕事が終わったあとにトーマスと飲みに行ったのは、彼が彼女と暮らしはじめて半年が経ったころだった。そのとき彼は、この同居はまったく自分の意に沿わないものだと話しはじめた。

「やっぱり自由に動ける余地がいるよ。つくづくそう思う」と言ったあと、「付き合っていても、別々に住むのが理想だよな」と言葉を続けた。

「へえー⁉」と、僕は驚いた。というのも、トーマスの彼女が具体的な妊娠計画について話しているということが、少し前に僕の耳にも届いていたからだ。ちょっと迷ってから尋ねた。

「子どもがいても？」

「いたら余計だよ」と、彼は言う。「出産後の半年がどんなものか知ってるか？　絶対に、自分だけのアパートがいるよ」

「彼女にもそう言ったの？」

「まあね、そっくりそのままじゃないけどね。つまり、もっと婉曲的にさ。彼女は分かったと思うよ」

「そうか。でも、僕だったらもっとはっきりと、ズバッと言うよ。それも、彼女が妊娠する前にね」

彼は戸惑いながらうなずいた。たぶん、そうなったときに自分を待ち受けている状況が頭をよぎったからだろう。彼が彼女にこの話を切り出したのは、それから数週間が経ったころだった。

それは、とても長い話し合いになった。彼女は、「いつもシングル男と一緒に暮らしているような気がしていた」と言って彼を責めた。「『あなたといても、独りだった』と言ってもいいくらい」だと。

きっと、彼女の言いたかったことはこれなのだろう。議論は数日にわたって続いた。この議論は、二人の間において常について回った。

いつしか彼は、二人のことについて話すとき、彼女が過去形を使っていることに気付いた。この数日間、二人は別れ話をしていたのだ。そして、週末を一緒に過ごしたあと、彼があれほど望んでいた自由を、早くも彼女は与えた。

ここで、一つ言っておかなければならないことがある。この話は五年前のことだ。僕たちの会話が数週間前のことだったら、ひょっとしたら、事態は別の方向に進んでいたかもしれない。というのも、数週間前、僕の生活のなかに「ミングル」という概念が出現しはじめたからだ。

初めはとてもおずおずと、日刊新聞〈ヴェルト（Welt）〉の記事のなかに現れた。そのときは、とにかくこういうことを書きたいと思ったどこかの記者が、自分で考え出した現象なのかと思った。しかし今では、至る所でこの概念に出合うようになった。

ミングルに関する記事がすごく増え、僕にこの話をする人がさらに多くなった。明らかにそこには、このような関係構想に対する重要性、アイデンティティ、もっと言うならば欲求があった。そのなかでもとりわけ大きいのが、何もかも定義しなければ気がすまないという欲求の存在であった。

ミングルは、「ミックスド」と「シングル」を組み合わせた造語であり、トーマスのような人間がつくる関係構想を指す。つまり、互いに相手を縛ることなく、ベッドをともにしたり、余暇を一緒に過ごしたり、一緒に料理をしたり、ピクニックや展覧会や劇場に行ったりするシングル同士のカップルのことだ。簡単に言えば、余暇を一緒に過ごす「ヤリ友」である。

すでに気付いた人がいるかもしれないが、ここに、この構想の誤りがある。

トーマスの話は、実は僕のつくり話だ。

彼女がおらず、シングルだったころ、僕にも会っては寝るという女性が何人かいた。ちょうど、「ブーティコール」という言葉が僕の生活のなかに現れ出したころだ。ブーティコールとは、その日に寝ることを目的としてかける電話のことである。ベルが鳴るのはたいてい早朝の三時から五時の間で、かけるほうはたいてい酔っぱらっている。

僕は、こんなときのためにリストをつくっている男を知っている。彼は、そんな女性の電話番号を携帯電話の「ブーティコール・グループ」に入れている。彼女たちに電話をするのは、それを実行に移せるほど酔っぱらっているときだ。

男どもが本当に自分に関心をもっているのか、それともセックスだけが目的なのかを見分けられるルールがある。酔っぱらって夜中の二時にしか電話をかけてこない男は、きちんと付き合いたいと思っているわけではない。

僕は「ヤリ友」を一人もつ男も知っている。二、三週間に一度、二人は彼のアパートで会い、一緒に食事をして、話をして寝る。最後に必ずセックスをすることが分かっているデートのようなものだ。でも彼は、翌朝、彼女がいなくなっているのを見てほっとする。シングルのときの僕もそうだった。

すでに述べたように、僕にも「ヤリ友」がいた。それは、誰ともきちんと付き合う気が僕になかったからではない。僕が心から彼女たちに関心を、つまり人間としての関心を彼女たちにもっていなかったからだ。結局、彼女たちは一時的な存在となってしまった。

また僕は、人間的に関心のもてない女性と性行為をするために、必要以上の時間を一緒に過ごそうとは思っていない。また寝たくなったら連絡をするだけだ。日常のなかに、彼女たちを入れたくないのだ。

ヤリ友になるのは、そうなるほど互いに分かり合っているからではなく、複雑な回り道をしなくてもセックスができるからだ。ただ、それだけ。

そして、感情的なつながりが生じないように、たまにしか会わない。

最終的には時間の問題だ。感情は常にアンバランスだから、いつもどちらかが相手をより好きになり、かなわぬ期待を抱いて、かなり早い時期から苦しみはじめることになる。

友人のヤコープが一度、少し前から「情事」を重ねている相手について話したことがある。そのときのヤコープからは、不満があるような感じは受けなかった。

「互いに、完全に合意のうえでだ」と、彼は言った。「束縛は一切しない。二人ともそうしたかったんだ」

「クールじゃん」と、僕は言った。

「僕に恋することだってあるかもしれないって、彼女は言ってたけどね。近いうちに、ってさ」

「ってことは、彼女はもうお前に惚れているんじゃないか」

「いやいや」と言うヤコープから、満足そうな雰囲気は完全に消え去っていた。

「完全な合意のうえだから……」

「違うだろ」と言いながら、僕はゆっくりと頭を振った。「すでに、彼女は悩み出してるよ。彼女のことを少しでも思う気持ちがあるなら、もう終わりにしろよ」

映画『善き人のためのソナタ』[3]のなかで、「切羽詰まると、嘘つきはいつも同じ表現を使う」

と国家保安省の担当者が言っている。本当のことを話しているときは多彩な表現が口をついて出てくるが、嘘をつくときはいつも同じ言い方になるということだ。

ヤコープも、そんな感じだった。ただ、彼自身がそのことに気付いているのかどうかは、僕にも分からなかった。

「まだ縛られたくないんだ。今は、自分のことに集中したい。それは彼女も分かっているよ」

「そうか」

でも問題は、この「今は」だ。ぞっとする言葉だ。「今は」が意味するところは、「いつかそれも終わるさ」だ。そして、片思いで、藁にもすがりたい思いをしているほうは、それをこんなふうに読み取ることになる。

「今にもそれが終わる。だから、絶対にあきらめない」


でも、「縛られたくない」とか「今は、自分のことに集中したい」とかという言葉が本来意味していることについて、必要な距離を取って客観的に自問してみるべきだろう。結局これらは、「関心がない」ことを少々やさしく言い換えただけである。

決定を下さず、物事を宙ぶらりんの状態にさせておく。これを言葉どおりに理解すると、それが意味するのは需要共同体というものになる。相手が自分にピッタリの人でないことを知りつつも、実用的だからその人と一緒にいる。「一時的な解決策」とか「妥協」と一緒にいるわけだ。

人間的に見るとかなり軟弱で、それはまた外にまでさらけ出されているのだが、それも見ないふりをして脇に押しのける。それでも、いつかこの自己投影に気付く日が来るかもしれないが、そうなっても、まだほかに出口が準備されている。こんな構造が「ミングル」と言える。

そうなのだ。最終的にミングルは存在しない。それはラベルであり、口実だ。何かを定義づけるとき、つまりある状態に名前を付けるとき、それは恋愛関係や人生設計のような多面的な印象を与える名前になりやすい。

そして、ある口実を定義づけるとき、その口実は一つの論拠となり、拘束されたくないという思いや自信のなさをその力で何とかぼかせるようになる——他人に対してだけでなく、

（3）監督：フロリアン・ヘンケル・フォン・ドナースマルク、二〇〇六年、ドイツ。

自分自身に対しても。

　れっきとしたミングルというのは、これまでの恋愛経験の果てに、新しいパートナーを見つけようとは思わなくなった人間、あるいはそう思えなくなるほどの痛手を負った人間のことを言うのだろう。とはいえ、そこに至るまでにはかなりの長い時間がかかるだけでなく、かなりのエネルギーを消耗するはずだ。そんな行程を経るのは、二〇代半ばの人間には時間的にどうしても無理がある。

　ベルリンには今、これまでにないほど多くのシングルがいる。そうなったのは、僕たちが今の社会で完璧を求め、理想的な状況を必死で追いかけているからだと言ってよいだろう。しかし、そんな理想的な状況に到達することは決してない。だから、問題が出てきた

その昔、ベルリンの壁が貫いていたポツダム広場

ら、それを解決するよりはパートナーを替えたほうが楽なのだ。

僕たちのコミュニケーション行動は完全に変化したし、とくに若い世代は、社会生活を営む能力をどんどん失っていると言ってよさそうだ。言い換えると、僕たちはそれにラベルを貼り、それを「ミングル」と呼び、事の成り行きを見守っているということだ。

まるで、手をこまねいて、大木に向かってスローモーションで走っていく車を見ているようだ。どうしても避けられない衝突を、僕たちはただ見ているだけ。そして、新聞はそれを報道するだけ。働きかけて、コースを変えようとは誰もしない。結局、それは読まれる物語であり、そんな物語で新聞社は稼いでいるのだ。

この衝突の成り行きを、僕は好奇心いっぱいで見守っている。それは、思っているよりも早く起こるはずだから。

5 僕はセックスをやりすぎた

僕の生活に「ティンダー」という言葉が初めて現れたのは、きっちり九か月前のことだった。ある友達の引っ越しパーティーに呼ばれ、庭に置かれた長テーブルでビールを飲んでいるときだった。僕は黙々とビールを飲んでいた。というのも、隣に座っていたのがフィリップだったからだ。

彼とは数か月間ほど会っていなかったので、本来なら話すことがたくさんあった——本当なら。だけど、一緒に座ってからというもの、絶えず震え続けている携帯電話にフィリップは気を取られっぱなしだった。

とりあえず挨拶だけはすませたから、それでもうすべてを語り尽くしてしまったのかもしれない。あるいは、彼が今手にしているアプリのほうが僕と話しているよりもずっと楽しいのかもしれない。だからといって、それがフィリップの身のためになるとは必ずしも思えないのだが。

人と会うときの今どきのもっとも誠実な「褒め言葉」は、携帯電話をカバンに入れたままにしておくことだという。

確かに、そのとおりだと思う。それは、このときの僕にもよく分かった。携帯電話は、本来、コミュニケーションを簡単にするために開発されたものだが、実はコミュニケーション・キラーとなっている。パラドックスのようだが、よくよく考えてみると、この言葉は僕たちの時代におけるジレンマをとてもよく表している。

それでもフィリップは、稀に携帯電話のディスプレイから顔を上げることがあった。

「これ、ティンダーなんだ」と、顔に疑問符を浮かべている僕に向かって彼が言う。

「ティンダー？」と、僕はナイーブに聞き返す。

「絶対にダウンロードしな」

まだ何か言いたそうだったが、携帯電話が再び震えてフィリップの注意をそらせた。

「クラウディアだ。すげえ！　ほら、この唇を見てみろよ」と言って、彼は携帯電話を僕のほうに差し出した。

「クラウディアって誰？」

「知らない。まだ何も書いてないんだ。でも、マッチした」

二人はマッチした。なるほどね。

ティンダーについてはいろいろ書かれているけれど、このあたりで少し説明をしたほうがいいだろう。これは、シングルの恋人探しを楽にしてくれる、今大人気のデイティング・アプリのことである。

その場で、すぐ近くにいるシングルを紹介してくれ、写真を見て興味があるかないかを決める。誰かが自分の写真を「ライク」すると、その旨を知らせるメッセージが届く。コンタクトが取れるのは、双方がそれぞれの写真を「ライク」したあと、つまり数秒前のクラウディアとフィリップのようにマッチしたときというわけだ。

「で、彼女になんて書くんだ?」と、僕は尋ねた。

「キミの眉毛が好きだっていつも書くんだ。これは絶対にウケる」

「いいことを聞いたな」

ティンダーのキャッチコピーは「Find love（愛を見つけよう）」。一度、民放テレビのライフスタイル番組『タフ（taff）』で、このアプリのルポルタージュ（と言っておこう）を見たことがある。

恋人と別れたばかりの女友達二人がこのアプリを初めて使い、感じのいい青年たちと会うことになった。彼らもやっぱり初めてティンダーを使って、初めて女性と会ったらしい。二人の若者は、「普通はこんなことしないんだけどね」と言っていた。

(あんなこと言っちゃって)と、僕は思った。そう思わない奴がいるだろうか。

デートはそれぞれロマンチックに進み、その夜遅くにダブルデートをすることになった。もうすぐ婚約でもしそうな勢いだった。

もちろん、これはやらせであり、現実とは何の接点もない。でもたぶん、この民放テレビのスタッフたちは、何とかして社会における進展のズレを修正したかったのだろう。「遅すぎた」と僕は言いたい。なぜなら、ティンダーは愛する人を見つけるアプリではないからだ。

これはデイティング・アプリだ。目的はセックスなのだ。

最近、ある女友達に「このアプリをどう思う?」と聞いてみた。

「ティンダーね」と、彼女はさげすむように吐いた。「かかわりたくないわ。あれは肉体マーケットよ」

なるほど！　今、このことについて考え直してみると、ティンダーは何となくベルリンのナイトライフのようだ。クラブに足を踏み入れ、中にいる女性たちの品定めをする瞬間によく似ている。美的観点から女性をより分ける――ただ外見で。

こんな行動を、うわべだけのいい加減なことだと思う向きもあるだろう。確かにそのとおりだが、現実の生活では、人はまず外見で判断して、それから次のステップを試しているのではないだろうか。

ティンダーを使う理由は、もちろん人それぞれ異なるが、恋人がいる男性もたくさんこのアプリを使っている。これもまたナイトライフと似ている。男たちが夜遊びに出るとき、「さあ！　今夜は久しぶりに楽しむぞ。一晩中、イキな音楽に合わせて踊りまくるんだ」とは言わないだろう。

男が有する機能は女性とは異なる。彼らは狩りに出るのだ――能動的であれ、受動的であれ。恋人のいる男たちは、自分のマーケットバリューを知ってみたいと思う。つまり、まだまだイケるかどうか試してみたいのだ。

でも、クラブで女性と知り合うためには、いくつかの障害を乗り越えなければならない。たとえば、内気な性格、あるいはフラれたらどうしようという不安感などだ。しかし、ティンダーが現れてからというもの障害がなくなった。女性に話しかけるために、いろんな障害を乗り越える必要がなくなったのだ。勇気もいらないし、挫折の心配もない。同じように自分に興味をもっている女性としかチャットしないのだから。

ティンダーの長所はまだある。

クラブである女性に話しかけ、そのすぐあとにほかの女性に話しかけようものなら、最初に話しかけられた女性がそれを見て、「何、この人」と思うかもしれない。しかし、ティンダーでは、そのような「ジレンマ」を味わうことがない。

ガーデンパーティーの席でフィリップの携帯電話が震え続けていたのは、彼のチャット相手がクラウディアだけではなく、ほかにもナタリーやミア、アンナやフランツィスカがいたからだ――同時進行で。パパパパッと。

僕は、フェイスブックのチャット・ウィンドウが三つ開いているだけでもこんがらがるほうだ。それが四つも五つもとなると、もうお手上げだ。でも、フィリップにとっては、そんなことは何でもないことだった。

「このあと、実はティンダー・デートがまだ二つあるんだ……」と、彼は別れ際に言った。

「二つ⁉」

「一つ目のデートで最後まで行けなかったらもう家に帰るけどね。二人目との約束は二時間後なんだよ。そんなに待ってられない」

「そうか」

何となく分からないでもない——少なくとも、フィリップの目で世界を見れば。

当然、ナイトライフはこの世で一番責任のない場所であり、ティンダーはクラブで過ごすそんな夜の自由を培養するものだ。このアプリは、クラブ「バー25」[4]へ通い

クラブ「バー25」（撮影：Andreas Praefcke, 2009. 4）

続けているようなものなのだ。

六年間シングルだったから、僕にもよく分かる。ベルリンのナイトライフのなかで多くの時間を過ごし、かなりたくさんデートもした。そして、デートのたびに特別な感じが少しずつ消えていった。いつしかそれはルーティンになり、質問や話題、そして飲み物のオーダーの流れが計算できるようになった。

同じことを何度も繰り返しているような感じだった。僕が動き回っていたのは、バリエーションだけが違う同じテーマの世界であり、そこではただ顔だけが変わっていた。僕はこのアプリの減速バージョン、いわばティンダーのアナログバリエーションを体験していたのだ。今思うと、そのほうがよかった。

ティンダーの問題は、その軽薄さではなく、その量にある。際限のない選択の可能性、つまり新しい潜在パートナーの枯渇することのない流れが問題なのだ。この流れが人を中毒にする。

誰かとマッチしたということは、それだけで気分のいい出来事だし、八〇人に上る女性の

（4）　ベルリン東部のフリードリヒスハインにある、シュプレー川沿岸の有名なテクノクラブ。二〇〇四年から二〇一〇年まで営業。

写真に「いいね」をクリックしていたら、一つくらい拒まれたところでほとんど気にもならない。

みんな、大局を見失っているのだ。でも、それで傷つくことはないのだから悪くないのだろう。

「で、クラウディアとはどうだった？」

ガーデンパーティーの一週間後、道端でばったり会ったフィリップに尋ねた。

「クラウディアって、誰だっけ」と彼は聞き返し、思い出すまでに、本当に一分近くかかった。

「ああ、分かった。そうだな、まあ、いいレベルで満足できたとでも言っておこうか」

「それはそれは」と、僕は笑いながら答えた。

「あなたと寝ることはできないわ。そんなことした

ベルリンで最も美しい広場と言われているゲンダルメン広場。いつまでも外に座って、それぞれの時間を楽しむ

ら、あなたに恋をしてしまうもの」と、彼は呆れたように彼女のセリフを僕に言って聞かせた。

「そのあと、彼女の写真はすぐに消したよ」

フィリップは、僕が個人的に知る人物のなかで、もっとも効率的なシングルになろうとしていた男である。ティンダーのコントロール下に落ちた、と言ってもいいだろう。

以前、フィリップは、クラブで女性と知り合えなかったとき、複数の女性に「これから会わないか」というSMS（ショートメッセージ）を送っていた。彼は、そんな女性のリストまでつくっていた。そして、それを「ブーティコールリスト」と呼んでいた。

「うまくいくことなんて、そうそうなかったけどね」と彼は言う。「あのころはさ。でも、今はティンダーがある」

そして彼は、たまたま近くに住み、メッセージに反応した女性を自宅に招くようになった。

「もう一二回もうまくいったんだぜ」

「一二回も!?」と、僕は彼をさえぎって聞き返した。「ティンダーって、つまりはブーティコールアプリなんだな」

「それも最高のな」と、フィリップは力を込めて言った。

ティンダーを使いはじめてからというものフィリップは、突然、突き上げてくる欲望に価値を与えたのだった。こんなふうにしているのは彼一人ではなかった。

ベルリンのティンダーユーザー数は、他を大きく引き離してトップに立っている。こう見てみると、ベルリンは、突然突き上げてくる欲望の首都だと言ってもいいだろう。

ティンダーは、「大都市シングルメンタリティー」をアプリに移転したものだ。そして、もちろん、それにはそれなりの結末がある。たとえば、オーバーキルになったとき――そう、フィリップのように。

その後、僕たちは数か月間会うことがなかったが、日曜の夜に開かれたあるバースデーパーティーで久しぶりに会った。彼の姿を見つけたとき、ちょっと驚いた。彼はすっかり疲れ果て、くたばり、精根尽き果てたように見えたのだ。挨拶を交わしたあと、彼がおかしなことを言った。

「年だよ。セックスをたくさんやりすぎた」

「もう？」と、僕は笑いながら言った。

だって、フィリップはまだ二八歳なのだ。でも僕は、彼がなぜこんなことを言ったかというもっともな理由を知っていた。――ティンダーという名の、もっともな理由を。

「ティンダーだろ？」と僕は聞いた。

フィリップは頷いた。そして、「この数か月間で、一二七人の女性と寝た」と言った。一二七人！　ただし、そのほとんどは「いいレベルで満足できる」程度だった。少なくとも、僕にはそう聞こえた。

彼は、それでもやめなかった。これは中毒だ。ティンダーアカウントをもつようになってからというもの、フィリップにはとにかく時間がなくなった。彼は、そこで得られるものすべてに身を浸していた。それは中毒であり、当たり前のことになっていた。

数え切れないデートがフィリップを磨滅させた。彼はもはや、女性を消費しているだけだった。デートは特別なことではなくなり、交換可能なものになってしまった。まるで方程式の一部、数学だった。

ティンダーの長所として見えたものは、実は短所だった。

問題は、こういうものの効率は果たしてよいものなのかどうかということだ。それは、コミュニケーションを効率的にするはずだったのに、最終的には、黙って向き合ったままディスプレイを眺める人間ばかりにさせてしまった携帯電話と似ている。つまり、本来の目的であったコミュニケーションを阻み、人間らしさを顧みるということを忘れさせてしまったのだ。

今週の初め、銀行口座の残高のスクリーンショットをティンダーのプロフィールフォトにする人が出てきたと、どこかで読んだ。厳密に言えば、ティンダーはどこまでも考え抜かれたアプリだし、この傾向は首尾一貫している。これ以上に効率的なことはない。

やれやれ、この先の成り行きが楽しみだ。スリル満点になりそうな気がする。本当に、スリル満点に。

6 性倫理学上、混乱の傾向

周知のとおり、セックスというものは繊細な事柄と言える。何と言っても、その最中ほど傷つきやすい瞬間はない。ほんの些細なことで傷つき、立ち直るまでに長い時間がかかることもある。

誤解を招く笑い、配慮の足りない台詞、あるいは勘違いさせそうな目つき——これらはどれも、僕たちが熱望しているあのムードを破壊しかねないものだ。そんなムードが霧散してしまうと、もはやその場の空気が固まってしまい、最悪の場合は、元にいたところに戻るまでに長い長いプロセスが必要となる。また、それ以上に、手遅れになってしまうケースもある。そう、僕の友人クリスティアンのように。

数日前、彼とレストラン「ブラウエス・バント（Blaues Band）[5]」で会ったとき、彼は「もう、稀にしか彼女と寝ない」と言い、「ずいぶん前からね」と言葉を足した。

僕は顔を上げた。このひと言が僕たちの会話を長く繊細なものにすると同時に、とても有益なものにすると予感したからだ。事実、この予感は間違っていなかった。

「ずいぶんって、どのくらい前から？」

この尋ね方は、少しばかり僕の興味心を丸出しにしたものだった。クリスティアンは構えるように言った。

「一度、ゆっくりと静かな所で話さなきゃいけないな」

静かな所？　僕は周りを見渡した。レストランのなかには僕たちのほかに三人しかいないし、彼らは天井の高い室内の後ろ寄りに座っている。ということは、ここにいるのは全部で五人だけだ。

後ろにいる三人はとても賑やかで、時折笑い声も聞こえてきたが、話している内容はまったく分からない。つまり、これ以上静かな場所はないと思われた。でも、このような繊細なテーマについて話すには、ここも「公共の場」すぎ

ブラウエス・バントの店先

るのかもしれない。こんなことを考えているとき、クリスティアンが言った。

「三月からなんだ」

（ええっ⁉）と僕は思い、念のため自分の携帯電話のディスプレイに目をやった。もしかしたら、月を思い違いしているのかもしれない。でも、それは、僕の無意識が「勘違いだったらいいのに」と決め込んでいたせいだった。今は、やはり一〇月半ばなのだ。三月が七か月前だと理解するまでに、少し時間がかかってしまった。

「七か月か……」

「うん」

まるで、ため息が絵になったような返事だった。クリスティアンは手にしたワイングラスにしがみついているようにも見えた。僕は赤ワインが入ったデキャンタを取り、二人のグラスにワインを注いだ。まだ半分くらい残っていたが、今の状況にはぴったりの行動に思えたからだ。

自分のグラスを手に取って、彼のほうに差し出した。そして、グラスを重ねてから静かに

（5）ベルリン・ミッテ区にあるレストラン・バー。

尋ねた。

「で、原因は何なの？」

「それがさ……」と、彼は言いにくそうに話す。「名前なんだ」

「名前？」

「愛称だよ」と、彼は悲しそうな眼をして言った。

愛称――おお、神様！

オリジナリティーにあふれた感じのいい愛称は、その人がいかに独特な存在か、また互いの信頼がいかに大きいかの表れだと言われている。でも、本当にそうだろうか？

「愛称」と聞くと、僕は逆に複雑な心境になる。とはいえ僕には、性的不感症が進んでいくカップルとかわいらしい呼び名との関連性がはっきりと分からなかった。今や、それは時間の問題だったのだが。

興味本位で尋ねた僕に、クリスティアンは「二人の間で使うのはいいんだ」と答えた。「でも、動物の名前はやめて欲しいよね。それがルールじゃないか」

ほほう、面白い。どうやら、ルールがあるらしい。

僕のことをよく「ウサギちゃん」と呼んでいた、元彼女のズザンナが知らなかったルールだ。こう呼ばれると、僕は胃のあたりにいつも不快なひきつりを感じていた。そして、このひきつりは、なぜ「ウサギちゃん」なのかという説明を聞いたとき、さらにひどくなった。

彼女は、無意識に名前を呼び間違えることがないようにと、どの恋人に対しても「ウサギちゃん」と呼んでいたのだ。誰も傷つけることのないようにという彼女なりの気遣いだったわけだが、これを聞いて僕はかなり愕然とした。自分は取り換えのきく存在なのだと感じる瞬間がたまにあるが、このときがまさにそれだった。そう、代わりはどこにでもいるのだ。

とはいえ、僕も元彼女に失敗と思える愛称をつけたことがある。それは、ある日曜日の昼下がりのことだった。ゆったりとソファに座り、僕は本を読むつもりだった。少し静かに過ごしたかったのだ。しかし、この計画は、元彼女の意図に反するものだった。

彼女は僕のそばに座り、必要以上の雑音を立てながら何かをやりはじめた。そのとき、僕は精いっぱいの愛情を込めて、彼女のことを「ねちっこちゃん」と呼んでしまった。これが間違いだった。

「ねちっこちゃんなんて嫌だわ！」と、彼女は怒りながらどなった。沈思黙考（ちんしもっこう）の時間は終わった。この言葉から、一時間のディスカッションがはじまったのだ。

考えようによっては、彼女はこれで目的を果たしたと言える。僕たちは、やっ、とのことでまた一緒に何かをしたのだから。言うまでもなく、一緒に何かを体験するということは、恋愛関係においては非常に大切なことである。

愛称は危険をはらんでいる。その好例となる知り合いがいる。彼のことはもう何年も前から知っているのに、よく名前を忘れてしまう。白状すると、今も思い出せない。ちょっと決まりが悪いけれど、弁解させてもらうと、名前を忘れるのにはそれなりの理由がある。

彼女が彼につけた愛称が、いつのまにか実名の代わりに使われるようになってしまったのだ。

彼女は彼を「にやけちゃん」と呼んでいた。これは不安を呼び起こしうる動物の名前でこそないが、このケースは僕をとても不安にさせた。何しろ彼女は、他人との会話のなかでも彼をこの名前で呼んでいたからだ。しかも、彼がそばにいない場合も。

このような行動は、彼から尊厳を奪っているようなものだ。最初こそ変な感じがしたが、時間が経つにつれてみんなそれに慣れてしまった。そして、僕の知り合いは消滅してしまった。ゆっくりと。

いつしか、彼は僕たちの周りからいなくなった。今では、もう存在すらしていない。彼は取り換えられてしまったのだ。

今、残っているのはもはや抽象概念だけ。気の毒な中性名詞——そこにあるのは、もはや「にやけちゃん」のみである。非常に恐ろしいことだ。

彼の悲劇的な運命は、もう一つ別のルールがあることを示唆している。それは、二人の間で使っている愛称は「公の場」で使うために考えられたものではないということだ。どんなことがあっても、絶対に。

クリスティアンたちの愛称も、公の場で使うため

シュプレー川沿いのプロムナードに腰かけ、川面を眺める少女の像

のものではない。しかし、彼の足元に開いている深淵の裂け目はもっと深かった。それも、かなり深かった。彼からこの話を聞いた僕は、愛称で呼び合うことが意外と早く当たり前になってしまうことを知った。そして、その愛称がいかに早く障害になりうるかも知った。何より、セックスのときに。

「最初は、なんてことなかったんだけどなぁ……」と、クリスティアンはぼやく。初めのころは用心深く、恋人に対してよく使われる呼び名である「リープリング（愛おしい人）」や「シャッツ（宝もの）」が散りばめられた。今思うに、彼女はこうして彼を試していたのだろう。どこまで行けるものなのか、どれだけ「遊び」があるのかを計っていたのだ。

そして、クリスティアンはヘマをやらかした。何も知らずに、それに乗っかってしまったのだ。さらに、異議も唱えず、「嫌だ」とも言わなかった。そして、彼女はそのまま突っ走ってしまった。

今や、クリスティアンはいくつもの名前をもつ男となった。彼女は名前をどんどん増やしていった。彼は、もはや抵抗できない。それは趣味の域に達した。クリエイティブな彼女は、時間によって愛称を変えてくる。

朝起きる前に彼の顔を眺めるときは「しわくちゃクン」。彼がジョギングから帰ってきたときは「汗どろクン」。食事中にできるだけこっそりとゲップをすると「不作法クン」。そして彼は、「ちゅっちゅクン」であり「匂うクン」であり、「ぷぅクン」でもある。時には「うんちクン」にすらなるが、この愛称を得た背景は詳しく聞いていない。

不安を呼び起こす状況、まるで別世界だった。フワフワしたぬいぐるみしか存在しない、現世と平行して存在する別世界、そう、パラレルワールドだ。そこにいるのは、子どもたちなら絶対に熱狂するであろう、絵本から抜け出したキャラクターのみだった。

ただし、この世界は、なぜかセックスを締め出していた。

そして、これが問題だった。これらの愛称は、二人の性生活にまで影響を及ぼした。つまり、彼らの寝室にまで入り込んできたのだ。ある日、彼女は愛の戯れの最中に彼を「シュヌーゼル」[6]と呼んだ。

「何て?」と、僕は聞き返した。「シュヌーゼルって、いったい何だよ」

（6）愛おしい人を指す方言。

「馬鹿やろう。そんなこと知るか！」と言いながら僕を見るクリスティアンの目には、絶望の色が浮かんでいた。

ムードを壊してはいけないと思った彼は、そのときは何も言わなかった。そして、次の扉を開いてしまった。すると、二人の性生活が変わりはじめた。クリスティアンは変化（へんげ）していった。彼は「シュヌッツェル」[7]であり、「シュヌッフェル」[8]でもあり、そして「プッシュル」[9]になったことも何度かあった。子ども向けのかわいらしいキャラクターに化けさせられ、決まりの悪いことこのうえない。

「もうダメだ。こんなんじゃ、興奮なんてしないよ」と、彼は言う。

少々大げさだと思うが、僕に言わせれば、性倫理学上において混乱の傾向にある。つまり、こういうことだ。僕が女だったら、「シュヌッツェル」と呼ばれて何とも思わない男性と性的な交渉をもちたいとは思わない。もちろん、クリスティアンも同じことを口にした。「彼女じゃ、もう興奮しなくなった」と。

ま、それはそうだろう。セックス中は、原則として架空の名前は使わないほうがいい。使うにしても、かなり慎重に使うべきだと思う。セックスしているときに、相手の女性が出し抜けに「この種馬」などと言ったとしたら……。想像しただけでも戸惑ってしまう。

かといって、「種馬ちゃん」などとかわいく呼ぶのも勘弁してほしい。これ以上ないほどうろたえるだろう。愚の骨頂にも聞こえるし、沽券にもかかわる。すでに述べたとおり、セックスというのは繊細な事柄なのだ。

というわけで、かわいい表現を繊細な領域で使うときにはよく考えなければならない。強い誘惑に惑わされることは僕もよく承知しているが、それに負けてしまうと、予期せぬほど不快で甚大な影響が現れることもある。

とは言いつつ、僕もここである告白をしなくてはならない。クリスティアンに会ったすぐあと、僕にも同じことが起こってしまったのだ。

当時の彼女と朝食をとっていたとき、僕を不安にさせる出来事が発生した。ただ彼女に「塩を取って」と頼むつもりだったのだが、自分でも驚いたことに、その頼み事の最後を「ふくれっ面ちゃん」という呼び名で締めくくってしまったのだ。

「ふくれっ面？」と、彼女は聞き返した。

（7）主に男性につけられる愛称。
（8）日本では「ふわふわうさちゃん」として知られるコミックのキャラクター。原作は「Snuggle Bunny」。
（9）日本のアニメ『シートン動物記　りすのバナー』の主人公のドイツ語名。

（ふくれっ面？）と僕も頭の中でこの言葉を繰り返し、彼女をポカンと見つめた。

「ふくれっ面」と呼ばれる女性って、どんな人なんだ？　実際、彼女とは何のつながりもない言葉だった。

とうとう来たか？　僕たちも、あのかわいい呼び名を使いたがる境地に突入したのか？　そうだとしたら、それは僕たちにとって何を意味するのだろうか？　僕たちの性生活にとっては？

頭の中で疑問が渦を巻いた。でも、少なくともそれは動物の名前ではなかった。つまり、希望はまだ残っているということだ。ああ、ありがたや。

7 恋愛関係は誠実さにどのくらい耐えられるのか

二年ほど前のデートで、相手の女性から「男性不信に陥っている」と言われたことがある。実際、デート中の相手から聞くようなテーマではない。でも、わずか六〇分後には、そんなことはどうでもよくなっていた。

とはいえ、そう思うまでにはまだ一時間もあった。

その女性はマイケといい、彼女とのデートは初めてだった。その話が出るまでは、アンビバレントではあったけれど、まあかなり期待できそうな感じだった。僕たちは気が合ったし、ユーモア感覚も似ていたのでよく笑った。そんな雰囲気のなか、マイケは「シングルになると少し太るけれど、誰かと付き合っているときはいつも体をすごく鍛える」と話し出した。

驚いて、彼女を見た。僕の経験では、むしろ逆のメカニズムが働くからだ。シングルのときは魅力的になろうと体を鍛え、彼女ができるとだんだんどうでもよくなっていくのだ。しかし、マイケの場合は逆だった。

彼氏がいる間は、ほとんどワークアウト[10]に匹敵するくらいたくさんセックスをしていたと言うのだ。

前の彼氏と付き合っていたころ、彼女は大人のオモチャをいろいろなところに注文していた。そんな話だけでなく、看護師さんやメイドさんのコスチューム（超ミニ）を着た写真なんかも見せてくれた。

僕は映画『００７ ダイヤモンドは永遠に[11]』で、ある女性の服装について、「あなたは、透けるほど薄い、あるかなきかの美しい何かをまとっているようだ」と表現したショーン・コネリーのことを思い出した。

「私、ロールプレイングが好きなの」とマイケが言うので、僕は興味ありげに頷いた。彼女はまた、どうしても新しい敷布を注文しなければならないとも言った。

「エナメルのをね」

「エナメル？」と、僕はナイーブに聞き返した。「エナメルの敷布なんて、いったい何に使うの？」

「ふふ、お互いにオイルを塗り合うときに使うのよ。あなたも一度やってみて。すごくエロチックよ。シーツは台無しになっちゃうけどね」

「ああ、そうなんだ」と、そんな享楽に毎日ふけっているかのように僕は言葉を返した。どうやら僕は、性的分野においては自認していたよりコンサバ(12)だったようだ。

マイケは、クラクラするほどセックスのことについてたくさん話した。でも僕は、彼女の話から、刺激だけでなくある種のプレッシャーも同時に感じていた。

セックスは明らかに彼女の趣味だった。明らかに、彼女の余暇の大部分を占めている趣味だった。正直に言うと、僕にはそれをもちこたえるだけの自信がなかった。

友人たちとバーで会った数日前の夜のことを思い出した。そのなかの一人が、やっとのことで付き合いはじめた女性の話をしはじめた。

「で、ベッドではどうなの？」と、彼の話が終わったときに誰かが尋ねた。

「う〜ん」と彼は困ったように言った。「ま、いずれにしても、俺よりはマシだな」

---

(10)　健康や運動機能のために行うトレーニングやエクササイズ。

(11)　「007シリーズ」第七作。ショーン・コネリー演じるジェームス・ボンドがダイヤモンドの密輸ルートの捜査を行う。一九七一年公開。

(12)　保守を表す「conservative」の略。

諦めきった言い方だったが、僕がマイケと一緒になっていたら、やっぱりこんなふうに言っていたにちがいない。

でも、彼女と一緒になる可能性は二回目のデートですでに霧散した。つまり、そのときに男性不信の話が出たのだ。

不信の原因は元の彼氏だった。ミュージシャンの彼はバンド活動をしており、しょっちゅうツアーに出掛けていた。長期ツアーに出る前のある夜、二人は一緒にゆっくりと過ごした。これが最後の夜になろうとは、そのときは知る由もなかった。

翌朝、彼がシャワーを浴びているとき、彼女はプレゼントを入れようと、寝室に置いてあった彼のバッグを開けた。衣服の間にそれを見つけ、彼が驚いて微笑む様子を思い浮かべながら。できるだけ静かにファスナーを開け、Ｔシャツを何枚か出して、そこにサプライズを隠そうとした。

そして、フリーズした。

バッグの底に、思いもよらないものがあったのだ。呆然としたまま、彼女はそれをバッグから取り出した。それは、開封済みの「アモールＸＸＬコンドーム」の箱だった。それも、一〇〇個も入っている徳用品。箱というよりも、コンドームがいっぱい詰まった袋だった。

まだ中身はほとんど使われていない。彼は三週間のツアーに出掛けることになっていたから、大雑把に計算して一日に四・七個使うことになる。たいそうな計画を立てていたようだ。何も知らない彼がベッドルームに戻ってきたとき、彼の眼差しを見て彼女は思った。この眼差しとこの場の雰囲気はまったくちぐはぐなものだ、と。その眼差しそのものが、彼の負い目を白状していた。

ガウンをまとってベッドに座っていたマイケは、今にも爆発しそうだった。彼に向けた非難の目。膝の上には、一〇〇個近くのコンドームで満たされた袋。彼がこのとき具体的にどんなことを考えていたのか、もちろん僕には分からない。だが、「くそっ！」という言葉が浮かんだことは間違いないだろう。

「これ、何？」

どんな答えが返ってくるのかは明らかだったが、マイケはピシッと聞いた。

「どうして、これがあなたのバッグの中にあるの？」

こんなときは、パッと何か思いつかなくてはならない。機転をきかせなくてはいけない。そう、少なくとも彼はそれを試みた。この袋は、彼女と付き合い出す前に買ったもので、いつの間にかバッグの折り目の中に入り込んでしまっていて忘れていた、と説明した。

「三年間も？」と言いながら、マイケはどう見ても小さいとは言い難い袋を持ち上げ、彼のほうに突き出した。

彼はバッグを見下ろした。これほど大きな袋を折り目の間に入り込ませるだけのオプションは、どう見てもなさそうだった。彼はよくツアーに出ていた。そして、コンサートに相伴するものが何なのか、もはや明白だった。

「彼は、最初から浮気をする気でいたのよ」と、彼女は言う。「ちゃんと計画していたのよ。でも、それよりもっとショックなのは、あの袋の口が開けられていたことよ。つまり、彼はあのとき、すでに遊んでいたってこと。でも、あの人は何も言わなかった。彼とは、あの朝に別れたわ」

（おお〜）と、僕は思った。

「彼が浮気をしているのなら、私はそのことを知っておきたいの」と、マイケは言った。

浅はかにも、僕は「ふうん」と言ってしまった。この瞬間、僕も、男どもは信用ならないという証拠の一つとなった。

「ふうん？」とマイケはその言葉を繰り返し、鋭い目を僕に向けた。「ふうんって、どういう意味？」

「つまりさ」と、ちょっとためらってから僕は答えた。「彼女に浮気を告白するのは、かなりエゴイスティックだと僕は思うんだよね」

「あら！」と、きつい声が返ってきた。

「情事とは違うよ」と慌てて付け足した。「つい、ってやつさ。軽い気持ちでもった一夜だけの関係。そんなふうにちょっと足を踏み外したときには、一人でうまくカタを付けなくちゃね。そして、ずっと良心の呵責を背負い続けるんだ。正直に話して自分の良心を鎮めたいんだったら、それはもうエゴイスティックと言うしかない。一人で処理すべきところを、自分の彼女まで引き込んでしまうんだから。彼女には何の罪もないのに、辛い思いをさせることになるだろ」

唖然として、マイケが僕を見た。

僕は、このデートが、今まさにおじゃんになろうとしていることを悟った。誤解しないでほしいのだが、僕は浮気をしない男だ。付き合ってきた女性を裏切ったことはないし、マイケにもそのように言った。でも、そんな事実がすでに間に合わないほど、事は進んでいた。

「大事なのは事実でしょ」と、マイケは言う。「本当のことを言うべきだわ。誠実じゃない人なんて信用できない」

でも、恋愛関係はいったいどのくらいの誠実さに耐えうるのか。問題はそこだ。そう思いながら僕は続けた。

「それは状況次第じゃないか。もう五年も付き合っている女性がいて、その人を本当に愛しているとき、告白すれば信頼を失くしてしまう。彼女が彼を許したとしても、彼は彼女に一生消えることのない傷を負わせる。彼女は、彼を一〇〇パーセント信用することができなくなってしまったから、二人の関係にもその影響が出るだろう。**赦すことと忘れることはまったく違うことなんだ。**だから、何も言わないほうがいい」

「あなたの考え方が分かってよかったわ」と、マイケは鼻息を荒くして言った。

僕は、このデートがすでにデートでなくなっていることを悟った。もはや、主義を争う議論となっていた。そして僕は、どんどん深みにはまっていった。いやはや救いようがなかったが、マイケがどれほど独断的な考え方をしているのかを思うと、それはそれでよかった。

「真実が二人の関係を壊すのなら、それはもうそうなるしかないのよ」と、マイケはピシャリと言った。「だったら、そういう覚悟をしなくちゃね」

「そんな告白があれば、たいてい別れ話になる。どちらかが浮気すると、そのあとは三組に二組が別れるよ」

「三組に二組」と、マイケは蔑むように言った。「よく知ってるじゃない。すごいわね。信じられない！」

僕たちは黙った。言うべきことはもうすべて言い尽くしたようだ。そして、彼女が決然と言った。

「本当にそうよ。男どもって、まったく信用できないんだから」

別れるときにはハグもしなかった。

その数か月後、僕はあるカフェで仲のいい女友達と会った。そのとき、隣のテーブルに見知った顔を見つけた。マイケだった。彼女は僕を無視したが、僕の友達には同情いっぱいの眼差しを向けていた。まるで、彼女がモンスターと一緒に座っているかのように。彼女にはまるでふさわしくないモンスター。

信用できなかった男。世界中のすべての男と同じように。
まあ、そんなものかも。

8 新生男子

女性の友達や知り合いからしょっちゅう言われることがある。

「まったく、男どもはどうなってるの?」と。

彼女たちが意味しているのは本物の男、「本物」という形容にふさわしい男たちのことだ。そんな男たちのことを話すとき、彼女たちはまるで絶滅危惧種について話しているかのように見える。

本来「男」という言葉が意味しているのは、決断力があり、物事をはっきりとさせ、あやふやなままにしておかないという人のことだ。軟弱さの欠片(かけら)もなく、グダグダとした態度を取らず、言動が明白な真の男。どうやら、そんな男はもうあまりいないようだ。そして、そんな男性像には、僕はまったく当てはまらない。

僕も、女性たちを絶望的にさせているやっかいな男どもの一人なのだ。

この数か月の間に僕が話をした女性は、ほぼ全員、どうやらソシオパス[13]としかデートをしていないようだ。もちろん、彼女たちの説明には一方的なところもあるし、これらのデートを男性側が描写すればまったく別のものになるにちがいない。それに男性陣は、もしかしたら、いつも受け身だったのかもしれない。

それにしても、こんなに多くの女性が我々男性に対する信頼を失ってしまっているとは驚きだ。そして実際、そういう女性の多くは、この失墜感をオーラのように発している。彼女たちからは楽天的な雰囲気が消えてしまった。男性のこととなると不安が横切り、緊張し、体がこわばるようだ。落胆ばかりが続くからだろう。

愛の探求には凄まじいプレッシャーがつきまとい、果ては深い絶望の淵に突き落とされることもある。正真正銘の男嫌いになってしまうことだってあるのだ。彼女たちの心の動きは、どうにも隠し切れないほど深刻なものになっている。このような心情をオーラとして発している女性を前にすれば、男性側が慎重になっても仕方がない。事が複雑になることは目に見えているのだ。そんな状況は、誰しも避けたいと思うだろう。

一度、朗読会のあとでライプチヒの女性が僕のところにやって来て、デートした男性たちに対する文句を言ったことがある。

「あの人たちは、私を感情のゴミ捨て場として使っているのよ」

男性全般に対して抱いているイメージを簡潔に要約したかのようなセリフだ。そばにいる友人たちも、唇の端を悲しげに引きつらせながら、「そうよ。そうよ」と熱っぽく相槌を打っていた。

でも、ついこの間まで、まさにそういうことを望んでいたんじゃないか、と僕は思った。ほんの少し前まで、女性たちは男性陣に対して、もっと感情的になり、もっと感情移入し、自分自身を顧みられるようになって欲しいと望んでいたのではなかったのか。これらの特性は、あのライプチヒ女性の不運な経験にいかに歪められてしまっても、彼女がデートした男性たちにぴったりと当てはまるものだった。そして、僕にも。

僕の場合は、さらにパワーアップされている。以前付き合っていたある女性は、僕の仕事、つまり執筆に役立つ特性は恋愛関係には致命的かもね、と僕をなじっていた。

---

(13)　反社会性パーソナリティ障害をもつ人のこと。共感の欠如、親密な人間関係における搾取、他人のニーズに無関心、権利意識が強く、悪いことを行ったり口にしたりしても反省をしないという兆候が見られる。

僕はものすごく鋭い観察者で、どんな小さいことにも気が付き、異常に神経質で、頭でっかちなのだそうだ。あれこれと思い返し、思案しすぎる。そして、ひたすら自分のことにかまけている。

女性の読者はきっと心の中で呆れかえっていることだろうが、こんなふうにでも言ってみようか。

新生男子の世界へようこそ!

正直に白状すると、果たしてマスコミが数え切れないほどの記事にするほど深刻なアイデンティティの危機に男性は陥っているのだろうかと、僕は疑問に思っている。そもそも、これを危機と呼ぶべきなのか。むしろ、自分探しのプロセスではないのか。

異性同士が少しずつ近寄り、ぴったりと重なる。僕たちは、そんなプロセスの真っただ中にいるのだ。そ

ベルリンの街は歩くだけではつまらない

れを女性たちは危機として仕立てている。自分探しのプロセスにいる男性が、かなり自己中心になっていることが分かるからだ。

もっと突っ込んでみると、男性は向上している。そして、扱いにくくなっている。これはさらなる進化であり、そのうえパートナーのために、自分自身にも新たな要求を突きつけている。事が複雑になるほど、いろいろなものに感染しやすくなるということだ。

それに加えて、僕たちは即座に適応できないほど変化の激しい技術革新の世界に生きている。ソーシャルメディアやデイティング・アプリを使えば、訳が分からなくなるほど多くの女性と知り合える。

将来のパートナー候補がどれだけ多くいるのかということを、これほどはっきりと意識できた時代はこれまでになかった。真剣なデートであれ、奔放なセックスであれ、言ってみれば「出会いのオファー」が怒涛のように押し寄せてくるのだ。

いろいろな知り合いの輪こそあれ、ほんの少し前まで僕たちは比較的小さな世界で動いていた。ゆえに、機会にはかぎりがあった。それが今や、世界中が門戸を広げているのも同然なのだ。そして、これがメリットとなっている。以前は絶対に知り合うことのなかった人とも知り合うことができるようになったのだから。

実際、アプリはありとあらゆる問題に使える貴重なツールかもしれない。しかし、僕たちはまだ、これら多くの技術を健全に使いこなせるように学習している最中なのだ。今はまだそれに熱中するばかりで、適度な使い方をなかなか見つけられないでいる。そう、今は習得のときなのだ。

可能性が多すぎると、一つに決めることが難しくなる。何も決めずにそのままやり過ごすことが多くなる。クラブで魅力を感じる女性を一人しか見つけられなかったときよりも、気に入った女性を三人見つけたときのほうが、一人で家路に就く確率は高くなる。そして、物事をより複雑にする要素として、もちろん年齢を忘れることはできない。

正直な話、僕の生活は、言ってみれば今でも二〇代の終わりころと変わらない。スタンスは今も同じだ。それは僕だけではない。多くの人が、人生の新しいステージを先へ先へと延ばしている。

僕たちは、人生のこの一時期をできるだけ長く続けたいと願っている。実際の年齢よりも若く感じていたいし、自分の年齢を認めたくないとも思っている。それに、とても大切な決定をわざと遅くするご時世である。結婚や子どもは、もはや人生の後半に考える事柄になった。

若い人ほど疑問をもたない。人生という海のなかに飛び込み、まずは成り行きを見る。だから、現実に大きな意味を与えたがる。初恋がとても印象に残るのは、それが新しい経験であるからだ。

確信は歳をとるにつれて消えていく。一生涯続くはずの熱烈な恋が、二年、八年、一〇年後には終わってしまうかもしれないことを知っている。つまり、それだけの経験をしてきたということだ。もちろん、より好みもするようになる。僕も、今目の前に座っている女性との間に子どもをもうけてもいいのかと考えるような年齢であり、これもまた、より好みが激しくなる理由の一つとなっている。

年齢を重ねると、一途に一人にのめり込むことが少なくなる。そして、三〇歳ともなると、自分ではいくら若いつもりでいても、もう若者とは呼べない。それぞれの経験を積み、苦しみ、恋煩いをし、そんなこんなが足跡を残して、さすがに僕たちを躊躇させる。人は、誰も傷つきたくないのだ。

哲学者のビョン＝チョル・ハン[14]は、ドイツの週刊新聞〈ディ・ツァイト（Die Zeit）〉のインタビューにおいて、現代の特色は「ツルツルさ」だと言っている。まさにピッタリ、うまい表現だ。

今の時代に見られる共通点は、ブラジリアンワックス[15]やアップル製品のデザイン、あるいはスマートフォンの表面のように、いかなる傷もつけないツルツルの表面だ、と彼は言っている。

恋愛もそうだ。「今では、実際、恋愛においても一切傷つかないようにしているのではないか」とハンは問い、「本来、恋愛には時間も手間もたくさんかけなければならない。しかし、そうすると傷つくから、そうしないのだ」と言っている。

恋愛関係を築く能力があり、その準備が整うということは、苦しみに耐える力をもっているということだ。でも、そんな心構えは、今や減る一方となっている。

二〇代初めのころ、僕は一人の女性と一緒になれば、必ず苦しむことになると思っていた。彼女をかけて闘い、その苦しみに深く落ち込むのだろうと思っていた。

事実、僕の初めての恋愛は確かにそんなふうだった。ドストエフスキー（Фёдор Миха́йлович Достое́вский, 1821～1881）**が粗筋を考えたのではないかと思うくらいだっ**

た。自分で自分をボロボロに叩き、互いに歩み寄ることができなかった。

しかし、今は違う。僕には、一人の女性をかけた闘いのために自らを犠牲にするだけの心構えすらないと思う。すべてを自然の成り行きに任せ、事はかみ合うように進むべきだと思っている。エネルギーを使いたくない。そうなったらすぐに距離を取る。そして、この女性と一緒になったそのときから、どんな負担が待ち受けるのかと想像してしまう。

ツルツルの表面は完璧な表面だ。そう見ると、このツルツルさは僕たちが追求している完璧さ、つまり完全なる調和を象徴していると言えそうだ。それに、ツルツルしているものはつかみにくい。すぐに手が滑る。そういう点で、西洋における現代男性のイメージとこれはぴったりと重なる。

だが、僕たちは流動的な時代に生きている。すべてが変化し、しかもその速度は増すばかりだ。変化の背後には常に不安が隠れている。多くの人が不安に思い、方向を見失い、支えや拠り所がないから、人生設計も困難になるばかりとなっている。

---

(14)　一九五九年生まれの在ドイツの韓国人哲学者。ベルリン芸術大学教授。
(15)　ワックスを使って行うアンダーヘアの脱毛法。

雑誌では今、それぞれの編集者が一番乗りを目指して考え出したかのような、新しい関係コンセプトが破れかぶれのように次から次へと紹介されている。宗教色の強い夫婦という観念は消滅寸前まできている。僕たちの親の世代が世の中の中心となって動いていたころでも、夫婦はまだそのなかで何とか機能していた。だが、今やそんな構造は消えていくばかりだ。

映画『ファイト・クラブ』[16]のなかで、タイラー・ダーデン[17]が次のように言っている。

「俺たちは女に育てられた世代の男だ。それは、俺たちを育てたその女とはまた違う別の女が、俺たちの疑問に対する答えだということなのだろうか」

もちろん、これはかなり露骨なセリフだが、このセリフの言わんとしていることは、答えはこれまで通用してきた構造のなかに見つけるのではなく、それらの構造と切り離して己のなかに見つけるものだ、ということだ。現代の男性は今まさにそれをやろうとしている。新しい自己理解に到達しようとしているのだ。

僕たち男性は、本来の役割から脱落してしまった。かつての役割分担を取り戻したいと大まじめに思っている人は、もはや一人もいないはずだ。でも、今のような流動的な時代の女性は、安心してもたれかかり、支えてもらえる、がっしりとした肩に憧れるものだ。なにしろ、そんな肩をもつ男性がほとんどいないのだから。

そうして、彼女たちは突然パニックに陥ったかのように、かつての役割分担を望み出した。僕の理解が正しければ、その役割とは、一種、神経細やかでセンシティブでインテリの超プロレタリアートだ。

これは、矛盾した望みでもある。職人仕事に携わる男性は減る一方だし、そのなかで新聞の文芸欄レベルの会話ができる人となると、ほぼ皆無である。女性が求めているのは、ヘミングウェイ（Ernest Miller Hemingway, 1899〜1961）のような男性、つまりインテリでありながら同時にプロレタリアートでもあるというタイプなのだ。

といっても、彼のマッチョぶりは大掛かりな自演にすぎなかった。それは意識したものであり、自分のコンプレックスを完璧に相殺するものだった。ヘミングウェイは自分自身と折り合うことのできない、深い悲しみにとらわれた男だった。だから、彼は作家でもあったのだ。彼はかつて、「幸せなインテリより稀有なものはない」と言ったが、それはもっともなことだった。

(16)　謎の男タイラーと主人公、秘密組織「ファイト・クラブ」をめぐる、暴力シーンの多いアメリカ映画。一九九九年制作。
(17)　「ファイト・クラブ」でブラッド・ピットが演じた人物。主人公と同一人物であることが最後に分かる。

難しいことかもしれないが、女性は気を楽にもつべきだ。緊張を解き、物事を流れるがままにしてみて欲しい。なぜなら、それこそが男性が思い焦がれていることだからだ。とくに、知り合ったばかりのころは。

かみ合うがままに自然に任せ、なるがままにくっついてみる。あのプレッシャーは忘れて。

愛することは、教えることもできないし強要もできない。そんなことをしても逆効果だ。でも、恋をしたらプレッシャーは一切なくなり、ほかの女性だったら気に障ることでも、恋した相手ならつまらないことに思えて一切気にならなくなる。

これだ！　と決心したとき、そして恋に落ちた瞬間から少しずつ慣れと問題にあふれた日常へと移行していく関係になったとき、初めて恋愛関係の本当のチャレンジがはじまる。その準備は、相手を心から愛しているときにのみ整う。

これこそが、僕たち全員が望んでいるロマンチックな恋愛コンセプトだ。二人きりで、僕たちを取り巻く世界に立ち向かうのだ。

9 チャーミング的

ある女性に関心をもったとき、男どもは、それをどのように示そうとするのだろうか。女性の口からそれについて話を聞くたびに、正直、僕はびっくりする。彼らは何か、自己理解が歪んでいるんじゃないかと思うのだ。女性に褒められるどころか、女性を不安に陥れるような行動をしているのに、彼らはそのことをまったく理解していない。

こういう話を女性から聞いていて気付いたことがある。彼女たちはいつも無感情に、そしてごく当たり前のことのように話す。おそらく、しょっちゅうあるのだろう。つまり、日常に現れる数々の驚愕に、もはや慣れてしまっているのだ。

自然の摂理からして、通常、男がこのような状況に陥ることはあまりない。それでも、男性が女性に自分の関心をどのように伝えるのかというシナリオを、女性の目を通して見る機会に恵まれることがある。言葉どおり、それを共有体験する機会に。

最近、僕にもそういうことがあった。トラムで帰宅中、ある女友達と電話で話していたときのことだった。普段からよくしゃべる女性だけに、突然、彼女の言葉が少なくなったことに気付いた。

「どうしたの？」と、僕は心配になって尋ねた。

「ちょっと待って」と、彼女が言う。

ゴソゴソと物音がして、しばらくすると、ほっと溜息をつくのが聞こえた。彼女に言葉が戻ったようだ。

「もう大丈夫！　ちょっと、席を移らなくちゃいけなかったの」

僕と話している間、ある男が彼女と視線を交わそうとしていたらしい。いや、「視線を交わす」というのは正しい表現ではない。彼は、穴が開くほどじっと彼女を見つめていたのだ。そして、このことも言っておかなければならない。彼は、彼女の真向かいに座っていた。二人の距離は一メートルにも満たないくらいだった。そんな状況では息苦しくならないほうがおかしい。拒否の合図を彼女は目で送ったが、男にはそれが伝わらず、彼はずっと鋭く彼女を見つめ続けた。

いろいろな映画を僕は見過ぎたのかもしれない。このような体験、話を聞いているうちに、何だかよく知っているもののような気がしてきた。

何となく覚えがある。そうだ！　サイコスリラーがこんなシーンでよくはじまる。必ず死者が出る類いの映画だ。背筋がぞっとして、彼女の気持ちがよく分かった。

でも、不必要に不安をあおりたくなかったので、そのことには触れず、男に付け回されたときに使う催涙スプレーを持っているかどうかも尋ねなかった。でも、僕には十分ありうることのように思えたので、彼女が家に着くまで電話を切らないことにした。用心するに越したことはない。

僕のそんな心配をよそに、家のドアに錠を下ろしたとき、彼女の頭にはおそらくトラムでの不愉快な出来事などもう片隅にもなかったことだろう。ほっと溜息をついたのは僕のほうだった。

それ以来、僕はこのようなシチュエーションに敏感になった。

この週末には、自己理解だけでなく、すべての知覚が歪んでいそうな男を目撃した。明らかに彼は、現実の世界をフィルター越しに眺めていた。自分に関心をもった女性のすべてが、「娼婦のような私を、娼婦のようにファックして」と書かれたＴシャツを着ていると思っていたようだ。そして事実、彼はそんなふうに行動した。

真っ昼間のトーア通り(18)、その男がある女性に話しかけたとき、僕はそのすぐそばにいた。「ちょっといい？」と、彼女に近寄りながら彼は聞いた。戸惑いながら女性は頭を少し揺らした。たぶん、彼がどんな人間に分類できるのか、見定めようとしたのだろう。もしかしたら、すでに顔見知りだったのかもしれない。彼の尋ね方はそれほど愛情にあふれていた。まるで仲のいい友達に話しかけているようだった。

彼女のためらいを、彼は次のステップにうまく利用した。まあ言うならば、事を活性化する決定打だ。

「ズンズンやんない？」

一瞬、聞き間違えたのかと思ったほど、彼はごく当たり前のように言い放った。彼女は「急いでいるの」とあたふたと言い、急ぎ足で去っていった。

彼女の姿がすぐ先の交差点に消えるまで、僕はそこに立っていた。あの男が彼女の後をつけるかもしれないと思ったからだ。警察に通報できるように、携帯電話を取り出して。

幸い、彼は彼女の後をつけるようなことはしなかった。

動揺を隠しきれないまま、僕は知人のズザンネにこの話をした。すると、彼女はうんざりしたように言った。

「そんなの何でもないわよ」

「何でもない？」と、僕はあっけに取られて繰り返した。

「そうよ」と言うと、彼女はひと呼吸置いた。

そして、その証拠を僕に突き付けた。証拠というのは、ミルコという男との出会いだった。

ミルコと知り合ったのは女友達の結婚式だった。決して、とくに覚えておきたいような出会いではなかった。ズザンネが会場に入ったとき、彼はすでに目立っていた。彼を見るズザンネの目は、知らず知らずのうちに大きく開いていった。彼はかなり酔っていた。もう、すでに。

その後、彼女の視界に入ってきたのは、一緒に踊ろうと誰彼かまわず女性に迫っていく彼の姿だった。みんなに断られたあと、彼の視線がズザンナに留まったかと思うと、千鳥足で彼女のほうに近づいてきた。

---

(18)　小さなショップやデザインギャラリーが並ぶトレンディな通り。一七ページの写真参照。

「ハロー、美人さん」

（ああ神さま）と、彼女は思った。そして、無理やりに微笑んだ。

ミルコがダンスに誘うと、なぜか彼女はその申し出を受けてしまった。同情したのかもしれないが、たぶん彼女には「ノー」が言えなかったのだろう。

ミルコは彼女の手を取り、ダンスフロアに引っ張り出した。そして、まるでスローな曲がかかっているかのごとく、馴れ馴れしく体をすり寄せてきた。体がこわばるのを感じた彼女だが、そのままにさせておいた。

ミルコは汗でベドベトしているようだった。彼はズザンネを自分の体にぴったりと寄せつけた。そのとき、この状況をぴったり言い表す言葉がズザンネの頭に浮かんだ。

汗まみれ。

（すべてにおいて品格がない）と、彼女は思った。

そして、その後、その品格がさらに失われていった。

ミルコの体は彼女にぴったりとくっつき、息がうなじにかかり、さらに惨憺たることに彼が勃起しているのを感じたのだ。ミルコはリズミカルな動きに合わせて、彼女の体にそれをこすりつけてくる。

屈辱だった。反吐が出そうだった。長い間、彼が女性に触れていなかったことは明らかだった。もしかしたら、二人が抱き合っているところを彼は夢想していたのかもしれない。ひょっとしたら男性用トイレで。

ミルコのような男性が女性を抱くときに発する声など想像したくもなかったが、時すでに遅しだった。というのも、恐ろしいことに音楽まで変わってしまったのだ。ＤＪがフランキー・ゴーズ・トゥ・ハリウッド(19)の『Power Of Love（愛の救世主）』を流し出した。そう、本当のチークタイムになってしまったのだ。

おそらく、二人は恋愛中のカップルに見えたことだろう。もしかしたらＤＪは、ズザンネがブーケトスで花嫁のブーケを受け取ったと思ったのかもしれない。彼女が次の花嫁なのだ、と。そうであれば、ロマンチックなバラード以外にこの場にふさわしいと思われる曲はない。

もしかしたら、ミルコは自分を一種のアモール（ローマ神話の恋愛の神）だと思っているのかもしれない。考えたくもないのに、彼女の目の前には、弓と矢しか身に着けていない太った男の裸体が浮かんでくる。

---

(19)　一九八〇年代にセンセーショナルなヒット曲を生んだイギリスのバンド。

たぶん、背中は毛だらけに違いない。ワックス脱毛が必要な男。不快な連想だが、少なくとも彼女の腰のあたりにこすりつけられている勃起した陰茎から気をそらさせてくれる唯一の助けであった。

ズザンネは救いを求めるように視線を周りに投げかけたが、誰も気付く様子がない。

どうすればよいのか分からなかった。ここは結婚式の会場だ。騒ぎを起こすわけにはいかない。何とかこの場を切り抜けなければ……

そして、彼女はこの場を切り抜けた。

『Power Of Love』が終わったのだ。流れたのは八分バージョンだったが、この八分が、ミルコのオルガスムス到達に足りなかった[20]ことにほっとした。

幸い、DJは次にミリ・ヴァニリの『Girl You Know It's True』をかけた。そう、チークタイムが終わったのだ。ミルコに別れを告げて、さっさとバーに移る絶好のチャンスだ。もちろん、一人で。

「ヒエ〜」と僕は吐き出し、胃のあたりにあの不快なひきつりをまた感じた。

「そう言っていいと思うわよ」と、ズザンネが言う。

でも、話はまだ終わっていなかった。なぜなら、不運なことにミルコはもう赤の他人ではなくなっていたのだ。

彼は、知人の輪の中に入り込んでいた。当然、誰かの誕生日に顔を合わせることになった。そんなとき、ズザンネはいつも視線を下げた。ミルコが自分の存在に気付かないようにと祈りながら、彼の脇を素早く通り抜けた。

少し前、彼女は女友達のバースデーパーティーに呼ばれた。そこに、ミルコも来ていた。残念ながら。だが、ありがたいことに彼は彼女に気が付かなかった。

彼を見たとき、彼女は思わず目を見張ってしまった。本能的に体がミルコの存在に反応するのだ。この場で一番よく知っている顔は彼だった。この反応が彼の誤解を招かないことを願った。

ミルコは二人の女性とバーにいて、すでにだいぶ「できあがっている」ようだった。

ズザンネは知り合い二人との会話に逃げ込んだが、彼らはまもなくバーへ行ってしまった。

(20)　ドイツのデュオ。一九八八年にデビューし、ポップなサウンドとファッショナブルなルックスで世界的なヒットを生んだ。

笑みを浮かべて二人を見送ったとき、ミルコが彼女のほうを見ていることに気付いた。彼女は慌てて目をそらした。彼に向かって微笑んだと勘違いされたら、と思うと鳥肌が立った。それに、あのときの彼の恥ずべき行為を彼女はかなり多くの知人に話していた。

それが噂になっていた。新しいゴシップだった。誰かから、彼はそれをすべて否定していると聞いていた。今でも否定して回っているらしい。電話番号を教えていないのに、これまでに三回、怒った声で留守電が入っていた。今、彼の電話番号は「着信拒否」に設定されている。

この場で、彼がなんだかんだと言い出さないことを願った。そのことについて話せば、彼とのつながりが実際よりも深いような感じがしそうだった。まさにそのとき、目の端にこちらへやって来るミルコの姿が映った。

彼は、ゆっくりと歩いてくる。

僕は好奇心に駆られて「それで?」と促したが、ズザンネはそれをきっぱりとはねつけるように手を振り、「私にその気があるって、彼は本当に思っているのよ」と呆れ顔で言った。

「私がいろんな人に言って歩いたのは、彼の気を引くためだったと思っているの」

「つまり、君はミルコに片思いをしているってことか」と僕は笑ったけれど、彼女はまじめくさって言った。

「ミルコに言わせればね」

というのが、ゆがんだ自己理解をテーマとした話の顛末である。

誰かを教育するために僕は文章を書いているわけではないが、男性諸君は、自分の行動が女性にどんな思いをさせているのかということについて、少し考えてみる必要があるだろう。

あるいは、自分では人を惹きつけていると思い込んでいる魅力が、もしかしたら、不安を呼び起こしているのかもしれないということを。

ミルコの場合は明らかにそれ以上だったが、これほどの男性というのはごく稀な例であるはずだ。つまり、希望はまだある、ということだ。

もっと正直に言えば、世の中をよくすることもできるかもしれない。少なくとも、少しは。

10 「真の愛なんて単なる神話」

数日前、ある女友達が「愛なんてもう信じられない」と言った。僕とこういう話をすることができて、彼女はとてもうれしそうだった。これまで付き合ってきた男性は、なぜか二人の関係をはっきりさせたがらない人ばかりだったという。彼女が愛を信じられなくなった理由は、どうやらここにあるようだ。

七月初めに別れた彼氏との三年間を、彼女はこんなふうに言い切った。

「マティアスと付き合っていたときは、シングルと一緒にいるような気がしてたわ」

これはまた、ここ数年間に付き合った彼氏全員に言えることでもあった。このセリフは、名前を入れ替えるだけでよかったのだ。ところが、今やその中身も入れ替わることになった。

「愛なんて単なる神話よ」

数日前、ランチを一緒にしたときに彼女はこう言った。

「宗教の代わりなのよ、分かる？」

僕は「うーん」と言って、納得できない素振りを見せた。すると、僕が言葉を続ける前に、まるでそれを押しのけるように彼女が話し出した。

「愛し合う二人なんて、実は、別の道具を使ったナルシズムの延長にすぎないのよ」

（おやおや）と、僕は思った。別の道具を使ったナルシズムの延長？　なんという表現だ。やけにクールに聞こえるからか、僕にはちょっと理解しにくかった。感情が一切取り払われてしまったような感じだった。

　と同時に、何となく暗記した文章のようにも聞こえた。そして実際、その後に彼女が言ったように、それは彼女自身の言葉ではなかった。彼女は、愛なんて本当はまったく存在しない、みんな誤解をしているのだということを論理的に証明した〈ＦＡＺ〉[21]の記事を読んで、それを暗唱しただけだった。

ドイツに来たら一度は食べたい、カレーソーセージ

その夜、彼女はその記事のリンクを送ってくれた。なんと、その記事は二万人近くの人がシェアしていた。ということは、彼女は例外ではなく、この記事が言わんとしていることは、かなりの人々の心を動かしたということだ。これだけでも僕をかなり不安にしたが、それにも増して、大きな不安を呼び起こしたのがこの記事のタイトルだった。

「エゴイスティックに愛し合う二人——愛という代替宗教」

（なるほど）と僕は思い、その記事を読みはじめた。もちろん、ここには真実も書かれていた。

記者いわく、映画や広告、あるいはラブソングを通じて社会化された僕たちは、達成されることのない、理想化された愛の設計図を求めているのだが、それはそこら辺にゴロゴロと転がっているものでは

Frankfurter Allgemeine
ZEITUNG FÜR DEUTSCHLAND

AfD droht Strafzahlung von 100 000 Euro

Auf die Größe kommt es manchen wohl doch an

Kein Vertrauen

Italiens rebellische Regierung

Heute

Derblecken nicht um Ecken

Huawei verklagt die Vereinigten Staaten

〈FAZ 紙〉の一面（2019年３月８日付）

ない。

このような理想は僕たちの代替宗教となり、そして僕たちは、何が何でもロマンチックなラブコメディの主人公になりたがるようになる。だが、映画『ホリデイ』[22]や『理想の恋人』[23]などに描かれている欲求、つまりそれが僕たちの求めているものということなのだが、そんな欲求は容赦のない挫折を見ることになる。

僕たちは、永遠に愛し愛されたいと願うと同時に自己放棄を求める。そして、映画のような人生はごく稀にしかないことに気付いて絶望的になるというわけだ。

記事のなかには分析や数々の引用や解釈が散りばめられ、最終的に記者は、恋愛はほかの

(21) ドイツの全国紙。フランクフルター・アールゲマイネ・ツァイトゥング（Frankfurter Allgemeine Zeitung）の略称。
(22) 二〇〇六年公開のアメリカ映画。クリスマス休暇に、二人の女性がそれぞれの自宅を交換するというラブコメディ。
(23) 二〇〇五年公開のアメリカ映画。離婚した女性が出会い系サイトで新しい出会いを探すというロマンチック・コメディ。

道具を使ったナルシズムの延長にすぎないという結論を下すに至っている。なぜなら、ここで求められているのは、実際のところ、誰かを愛したいという気持ちではなく、愛されたいという気持ちであるからだ。もう少し正確に言うと、僕たちは誰かと付き合っていても、みんなエゴイスティックにシングルのままでいるということだ。

だんだん僕は、この記事がなぜ彼女の琴線（きんせん）に触れたのかが分かってきた。記者が書き表したのは、結局、彼女の不本意な経験、つまり彼女の人生そのものだった。

でも、僕を不安にさせたのはこのことではない。文章のなかで記者は、「この結論は自らの客観的な観察の結果だ」と言っている。問題は、この「客観的」という言葉だ。この記事は、五〇歳になる男性の冷静な分析なのだ。

二三歳のとき、僕は四一歳の男性と、女性や恋愛関係について語り合ったことがある。彼もこの記者のように、愛にかかわる経験をすごく客観的に、すごく円熟した様子で語った。でも、そのうち彼は、僕がうつろな目で彼を通り越して向こう側を眺めていることに気付いた。

「ところで、キミいくつだっけ?」と、彼が尋ねた。

「二三」

すると彼は、「ちくしょう、もっと早く聞くべきだった」と早口で言った。

「君ぐらいの年齢の人には、こんなことはまだ言っちゃいけなかった。夢を奪ってしまうからね」

何と言うべきか、たしかに彼は間違っていなかった。愛に幻滅したことのある人は、誰しも〈FAZ〉の記事に賛同するかもしれない。ここに、落胆の理由の一つが記されており、その支えになるからだ。

でも、今改めてこのことについて考えてみるとこの記事は、心理的な根回しをして、そんなものか、と納得させようとする手引書以外の何物でもない。要するにこれは、僕たちの欠点は、進化に起因する天分だと思わせようとする学術研究にそっくりなのだ。

知り合いのなかに、「彼女を愛しているか?」と尋ねると、必ず科学的なつながりをもち出して議論をはじめる男がいる。そんな彼を見ていると、正直、この男は彼女を愛したことがあったのだろうかと疑問に思う。結局、彼のような言い方は本音を避けているだけだし、そういう人は、何事にも向き合いたくないと思っているのだろう。

たしかに、生物学的な性質を見れば、人間は単婚には向いていないと言える。また、男性は、二、三年に一度パートナーを替えられたら一番幸せなのだろうとも思う。このことに関しては、科学的な研究もなされている。それを「代替宗教」や「偽宗教」と呼んでもいいし、「神話」と言ってもいいだろう。

科学的な研究だって行ってもいいし、科学的なプロセスで説明してもいい。バラバラに分解して、分析してからまた元どおりに組み立ててもいい。また、そこから魔力を取り除いて、その真髄となるものを奪ってしまってもいいだろう。肝心なことはただ一つ、このような考え方をした結果なのだ。

つい最近、ある女友達のアパートで夕食をご馳走になっているとき、同席していた知り合いの女性が、女性はなぜ男性に恋をするのかということについて啓蒙してくれた。

「オキシトシン」と、彼女はとても強くアクセントをつけながら言った。

「オキシートーシン！」

彼女の口から出たその言葉は、まるで呪文か一種のまじないのように聞こえた。そして、僕の理解が正しければ、それはまさにそのとおりであった。なぜなら、彼女に言わせると、この言葉ですべてを説明することができるからだ。

「オキシトシンは、私たちがほかの人間とかかわろうとする気持ちを高めさせるホルモンなの」と、ミニ講義がはじまった。

「女性が男性と肉体的なかかわりをもつと、女性はものすごい量のオキシトシンを分泌するのよ。もう、完全に、彼にまいっちゃったってことね。自分が選んだ男性はものすごく大切なものだと思ってしまって、自分の『愛』に応えてもらえないと、それはもう獣のごとく苦しむのよ。私も全部経験してきたわ。自分に合った人じゃないのに、すっかり夢中になっちゃったから」

「それは興味深い」と僕は言ったけれど、彼女にはどうやらその真意が伝わらなかったようだ。

「これって、大事なことなのよ！」と、彼女は強い口調で言った。

「こういうことは、若い女性に言ってあげなくちゃ」

もちろん、このことを若い女性に言ってあげることはできるが、それって、彼女たちの愛に対する考え方にどんな影響を与えるのだろうか。

恋愛で動くのは感情だ。でも、このようなことを耳にすれば、彼女たちはきっと、もっと懐疑的になって、もっと啓蒙されて、もっと分析的になることだろう。しかし、この三つの形容詞は、「愛」という言葉が使われるときには本来必要としないもののはずだ。

世の中には、あまり深く考えすぎないほうがいい事柄がある。そうすることで、自分がダメになってしまうことを防げるかもしれない。

そして、とくに愛において大切なことは、全身全霊を捧げられるかどうかということだ。同じ年齢のある男性が、数か月前『セクシズムの賛美（*Lob des Sexismus*）』[24]という本を僕にすすめ、そのあと、「この本は、まさに君向けの一冊だよ」と言ってプレゼントしてくれた。

僕はこの本の一部を熟読し、彼は何か勘違いをしているのではないかと思った。つまり、この本は僕向けのものではなかった。僕は、この本がターゲットとしている読者層には属していなかった。

この本が取り上げていたのは、サブタイトルにあるように「どうやって女性を理解し、誘惑し、自分のものにしておくか」ということだった。通読はしていないが、僕が読んだところだけで十分だった。

よく分からないのは、著者が女性を人間としてではなく、どちらかというと生物学的な被(ひ)験物(けんぶつ)として見ていることだ。つまり、彼は愛を実験のための指示だと見なしていることになる。この本のテーゼ（定立）をもっとも論理的にまとめた言葉が、「愛は数学だ」という一言である。

　知り合いに、この本のなかに書かれている戦略をすでにいくつか試してみたという男性がいる。

「うまくいったものもあったけど、何となく変な感じなんだよな。女性をそんなふうに口説き落とせると……つまり、あまりにも確実だと刺激がなくなるんだ」

「刺激に満ちているのは、どうなるか分からない出来事であって、確かな出来事じゃないもんね」と、僕は答えた。

　この考え方はあまり気に入らなかったようだが、それでも彼は頷いていた。要するに、彼が買ったのは手引書だったのだ。

　このような戦略的な考え方は間違っている。つまり、こんなふうに確定済みのプランにこだわるのは。周知のごとく、感情が物事の中心にあるときには、幸運にも現実がひょっこりと顔を出す。理想の女性像があまりにも具体的になりすぎたシングルに見られるように。

（24）　著者はロドヴィコ・サタナ（Lodovico Satana）。女性との魅力的な付き合い方についてユーモアを交えて説いた本。

かつて彼女だった女性から、僕はまったくタイプじゃないと言われたことがある。「本当は筋肉モリモリで、髪の色の濃い、茶色の目の男性が好みなのよね」と、彼女は言った。

（おおっー）と僕は思い、そして黙った。これが褒め言葉なのか、それとも貶（けな）している言葉なのか、はっきりと分からなかったからだ。「じゃあ、どうして僕と付き合ってるの？」という疑問が喉（のど）まで出かかったが、用心をして、これを褒め言葉と受け止めることにした。そうでなければ、僕は単なる妥協物であり、いわば「当座の解決策」でしかないからだ。それだけは本当にゴメンだった。

それから数年が経ち、今ではもちろん、それが少しも変わったことではないことを承知している。素晴らしい映画『恋はデジャ・ブ』(25)のなかに、アンディ・マクダウェル(26)がビル・マーレイ(27)に、自分の王子さまについて話すシーンがある。

「彼はあまりにも慎み深くて、自分がどれだけ完璧なのか知らないのよ」と、彼女は言う。「理知的で、親切で、面白くて、ロマンチックで、勇敢なの。素晴らしいボディーだけど、しゅっちゅう鏡を覗くなんてこともしない。優しくてセンシティブで穏やか。そして、人前でも泣ける人なの」

ビル・マーレイは戸惑ったふうに彼女を見て尋ねる。
「君、まだ男性の話をしてるんだよね？」

一〇年ほど前、ある友人にも似たようなことがあった。デートの最中、相手の女性が彼に全然タイプではない男性について話したのだが、そのタイプがまさに彼だったのだ。それでも二人は恋愛関係に陥った。そして、一年前の五月に三人目の子どもが生まれている。彼らがあの記事を読んで内面化していたら、こんなふうにはなっていなかったかもしれない。

完璧な人はいない――その人に恋するまでは。

---

(25)　一九九三年公開のアメリカ映画。同じ日を繰り返し体験することになった自己中心的な男性が変化していく様子を描いた作品。

(26)（Andie MacDowell）一九五八年生まれのアメリカの女優。映画で主演ビル・マーレイの相手役を務めた。

(27)（Bill Murray）一九五〇年生まれのアメリカの俳優。主な出演作品に『ゴーストバスターズ』や『ロスト・イン・トランスレーション』などがある。

と、人は言う。本当にそんなに簡単なことだろうか。ちなみに、僕はそのとおりだと思っている。

結局は意志の問題なのだ。意志が実際の論証なのだ。なぜなら、周知のごとく、「作業」は二人が一緒になって初めてはじまるものだから。しかも、本格的に。

パート2

30歳は新しい20歳

ベルリンの象徴であるブランデンブルク門

1 僕のなかの一二歳

両親がともに定年退職したころ、母が「数年後には、もう天気や病気や食事のことしか話さなくなるのかしらね」などと不安を漏らしたことがある。天気や病気、そして食事は定年退職後の典型的な話題と見なされている。僕の両親は、その話題に自らをはめ込むだけの準備がまだできていなかった。そして、こんな話題が自分たちの趣味になるのではないかと恐れていた。

「人って、自分で感じているように歳をとるものよ」と母は強く言い放ったが、僕は、まったく気付かないうちにこの話題のなかに滑り込んでしまうのではないかという母の不安を感じ取っていた。何と言っても、変化というものは起こったあとに気付くものなのだ。

映画『ウイスキーのウォッカ割り』(1)のなかで、俳優のヘンリー・ヒュプヒェン(2)が次のように言っている。

「人は歳をとっていくんじゃない。ある朝、目覚めると歳をとっているんだ」

何となく不安になるセリフだ。ひょっとしたら、母はこのセリフを思い出したのかもしれない。そして母は、まるで趣味のように病気のことを話し出したとき、そんな自分について「仕方がない」と思うこと自体を恐れているのかもしれない。

こんなふうに母は、僕の気持ちをよく代弁していた。ひょっとしたらそれは、僕の人生のなかに、「大人の体のなかに閉じ込められた一二歳の少年」と友人が表現する瞬間があるからかもしれない。ということは、心理学的に見ると、定年までにまだ五五年という時間が僕にはあることになる。(3)

一方、同年代でありながら、すでにもっと先を行っている人間を僕は知っている。僕の見方が正しければ、彼らは幸せいっぱいの定年退職者になるはずだ。もっとも、彼らの関心や話題、そして現状からすれば、もうすでに定年退職しているとも言えるが。

知り合いの一人は、今の彼女と一緒になってから定年退職者の域に達した。

(1)　二〇〇九年公開のドイツ映画。酒好きの有名俳優の仕事と、その私生活をめぐるコメディー。

(2)　(Henry Hübchen)　一九四七年生まれのドイツ人俳優。幼少のころから映画やテレビドラマに出演。『ウイスキーのウォッカ割り』で主役を演じた。

(3)　ドイツの定年は六七歳。

時折一緒に食事に行くときの彼は三〇代半ばなのだが、彼女に電話を入れるときの彼は四〇歳ほど歳をとっている。

彼女と彼の心を占めている大きな関心事は食事だ。この二人の電話の内容は、今晩の夕食についてと決まっている。だから、僕はときどき、どんな話も、たとえそれがまったく違う話であったとしても、最後には食事の話に行き着くのではないかと思ったりする。

また、いつも郵便受けに放り込まれる無料広告を日曜日の朝にパラパラとめくっている彼の姿や、どの特売品がどのくらい安くなっているのかを彼女と一緒に見ている場面を想像したりもする。たぶん、「ほら、チキンハンバーグが出てる。すごく安いよ！」などと言いながら。不安がよぎる想像だ。

一〇年ほど前、同じような不安に駆られたことがある。まだケルンの広告代理店で働いていたころの、ある朝のことだ。事務所に着いて、コーヒーを入れようとそのままキッチンへ行った。何となく勢いのない日というものがあるが、ちょうどこの日がそんな感じだった。

もっと正確に言うと、僕はまだ助走すらはじめておらず、時間だけが先走りしていた。だから、朝一番のコーヒーでこの気分を変えたかったのだ。ダブルにして、半時間後にはお代わりを入れるつもりだった。

キッチンに入ると、コーヒーメーカーの前で同僚の女性二人がおしゃべりをしていた。僕はそのそばで待つことにした。二人はとてもよく似ていた。同じロングヘアで、同じ髪の色をしていたからかもしれない。また、笑い方もよく似ていた。笑いすぎと言ってもいいくらいで、残念なことに、その笑い声も大きすぎた。

時計に目をやると、六分が過ぎていた。僕はまだ待ち続けていた。二人の目のなかには僕の姿が映っていないようだった。明らかに、おしゃべりのせいである。残念ながら、と言わざるを得ない。というのも、僕がキッチンに入ったときから、彼女たちはずっと天気について話していたからだ。

天気。それはそんなに笑ってばかりいられるテーマではないし、実際二〇代前半の女性が長い時間にわたって話すようなテーマでもない。前述したように、六〇代半ば向きの話題だ。

このような情景に、僕は何か非現実的な雰囲気を感じた。二人の若いブロンド女性は不安になるほどよく似ており、定年退職者の話題と言われるテーマについてキャピキャピと話をしているのだ。

僕の視線は、吸い込まれそうな二人のロングヘアの上をゆっくりと下降していった。長い金色の髪で、朝の陽光に輝いていた。もしかしたら、このような髪型にするのに二時間くらいの時間をかけているのかもしれない。となると、二人は明らかに早起きと言える。

再び視線を上げると、二人の話が終わっていた。その顔を見ると、もう笑っていなかった。ピクピクと動く眉から、懐疑心がうかがわれた。どうやら僕は、キッチンに入ってからというもの、ずっと二人のお尻を眺め続け、心の中でオナニーをしているかのように思われたみたいだ。実際、二人はそんな眼で僕を見ていたし、その眼は「そんなことだと思ったわよ、この色キチのオナニー野郎」と言っていた。

情けないことに、僕は赤面までしていた。弁解がましく笑おうとしたが、たぶんこのとき、僕は本当に色キチのオナニー野郎のようになっていたのだろう。たしかに、現行犯で捕まった一〇代の少年のような気分だった。

意味ありげな視線を交わし、二人が僕の横をさっと通りすぎた。悲しいかな、僕は憤然とした意味ありげな二人の視線のなかに、何かが混じっていたことに気付いてしまった。それは、そんな憤りとか何かよりマシだと思えるものではなかった。明らかに新しいゴシップを喜んでいる眼であり、彼女たちはきっと、それをみんなに話して回るはずだと思った。事と次第によっては、僕はまさに天気に取って代わる話題となりそうだった。

伝説が生まれようとしていた。もはや、僕の机の上にセクシャルハラスメントの警告書が載せられないことを願うばかりだった。

（なんていい一日のはじまりだ）と、僕のなかの一二歳が思った。それからコーヒーを入れた。ダブルで。

それから約八年後、僕はコーヒーを飲むのをやめて、代わりにジントニックを選んだ。

去年の夏のことだった。午後四時ごろ、マヌエラという名前の女性と「カフェ・シェーンブルン」で会う約束をしていた。初めてのデートだった。彼女はとても魅力的な人だったが、数時間のうちにその魅力はどんどん失われていった。もちろん、それにはそれなりの理由がいくつかあり、そのために、本

カフェ・シェーンブルン（ⓒ Café Schönbrunn）

当はカフェオレを飲みたかったのに僕はジントニックを注文することになってしまったのだ。

事のはじまりは、たわいもない質問だった。

「で、先週は何をやってたの？」

「ん〜、とくに話すほどのことはしてないわ。先週は病欠してたのよ。中耳炎だったの」

「おおー！」と言ってから、僕は数秒間黙った。このテーマを深追いするつもりはなかったが、何か言わなければいけない。ある質問がふと頭に浮かんだ。

「そういうのって、実際、痛いの？」

「実際、かなりね」と彼女は言い、ありがたそうに僕を見た。

「おおー！」と僕は繰り返した。

「抗生物質をもらったら、痛みは一日でなくなったわ。これって、すごく珍しいことなの。いわば、ちょっとした奇跡なのよ」

僕は頷いた。ちょっとした奇跡ね……なるほど。

どうすればこのテーマをエレガントに変えることができるだろうかと悩んでいるうちに、マヌエラはどんどん先に進んでいった。彼女はよく病気になるらしく、残念ながら、そのことについて話すことも大好きであった。

僕には、初めてのデートであまり話題にしたくないテーマがある。病気もそのうちの一つだ。病気のことを自然に話すことがなんとなくできない。これは、僕とは無縁の話題なのだ。誤解しないで欲しいのだが、もちろん病気についての話はする。でも、病気が共通の趣味であるかのように、いわば僕たちのベースであるかのように話をするとなると、ちょっと難しい。それに、最初のデートでやることと言えば、互いにいろいろと積み上げていけるような共通項を探すことだろう。

しかし、マヌエラの話は、自分の腰痛や突発性難聴、そして肌の問題についてだった。一五分後、僕は見つけ出せそうな共通項がないことを悟った。二人ともベルリンに住んでいること以外、共通点は何もなかった。

ホールスタッフが注文を取りに来たとき、僕はカフェオレをやめてジントニックを頼み、グラスの中にはできるだけ多くジンを入れて欲しいと目で訴えた。でも、ホールスタッフはそれを読み取れなかったようだ。

「私の肌ってすごく大変なのよ」と、ホールスタッフが去ってからマヌエラが言った。

「お化粧で今は分からないけどね。瞼（まぶた）がボロボロに剥がれちゃったから、またコルチゾン入りの薬を出されたわ」

「おおー！」と、僕は九回目の繰り返しの言葉を発した。食欲もだんだんなくなってきている。幸いなことに、僕たちは何も食べていなかった。

「そうなのよ。瞼の肌がカサカサになって剥がれ落ちたんだから。本当に、こんなに大きい皮膚がね。嘘じゃないんだから。夜になると掻かずにいられなくなって。掻いちゃうと、朝はいつも目がすっかり腫れちゃって」

こんなにも具体的な話になるとは思ってもいなかった。このあと続けて、何かの湿疹や真菌症（しんきんしょう）、大腸菌や膣内フローラなんかの話をしはじめないといいのだけれど……。僕は彼女に振り回されているような気がして、自分が防御体制に入っているように感じた。

三〇代も終わりに近い男の体に閉じ込められた一二歳の少年は、二九歳の体の中にいる七四歳の女性と会っていた。その歳の差は六二歳。祖母と僕の年齢差より大きい。これらのすべてが不安を呼び起こすものだった。

それでも、マヌエラのアプローチには決定的な長所が一つだけある。彼女は絶対に、歳を取りすぎたと感じることのない幸せな人間だということだ。でも、残念ながら彼女は、僕とは逆のマイノリティーだった。

ドイツ人は、実際の年齢より平均して八歳若く感じているということがいくつかの調査で確認されている。

実際より若く感じ、それ相応の生活をしていると、いつしかその影響が体に表れ、自分の肉体年齢を思い出す。

夜更かしが続いたあとのリカバリー期がそのよい例だ。二〇代の初め、僕は三夜続けて外出してもとくに体調を崩すことはなかった。でも今では、金曜日にパーティーに行くと、日曜日までその名残を感じてしまう。僕が知る同年齢のなかには、月曜日までそれを感じるという人も少なくない。

知り合いに、数年前からこの類いの悩みを抱えている男性がいる。といっても、彼の問題は容姿にある。そう、髪の毛の生え際にかなり気を遣っているのだ。朝、バスルームにある鏡の前に立つときには、あまりじっくりとそこを見ないようにしているらしい。

「まだ大丈夫なんだ」、と言っていたのはつい最近のことだ。

「今はまだ光の加減で、なんとか……」

彼は毎朝、身支度に要する時間のほとんどを髪の毛のセットに費やしていると悲しそうに話した。ヘアワックスを使うとうまくいくのだが、いつか、それもできなくなることは分かっている。そんなときのために、すでにプランも立てている。残っている髪の毛を毎朝セットし直すことが馬鹿馬鹿しくなったときは丸坊主にして、大きなブランド物の鼈甲（べっこう）ぶちのメガネを買い、髭（ひげ）を生やすことにしているという。そして、たまには帽子なんかも被るかもしれないと言っていた。

「帽子がまた流行り出したしね」

僕は、たしかに、と頷いた。

でも、どうなんだろう。薄い毛を隠すために帽子を被るのは、何となく品位がないように感じるのだが。とはいえ、僕もいつかそんなふうになれば、この考えに同意することになるだろう。ほかにどうしようもなくなれば、見方なんてすぐに変わるものだ。

このことについて少し考えてみると、僕の頭の形が、ある程度の品位を保ちながら丸坊主で過ごせるようなものなのか、それすら定かでない。クリスティアン・クラハト[4]は、坊主頭の作家ニック・ホーンビィ[5]を見ると、「いつもなんだかペニスを思い浮かべる」と言っている。男にとっては、とても胸にこたえる想像だ。

数週間前、ある知人が同じ悩み事で医者に行き、「ヘア診療」を受けた。この予約日まで待った時間は半年、そして肝心の診察は一〇分で終わった。この一〇分のために半年待ち、専門家は、この一〇分間で「時すでに遅し」であることを確認しただけだった。

彼の年齢では、「抜け毛はスピードアップするばかりだ」と医者は言った。それを抑えるには、毎日薬を飲むしかないという。高価な薬であるうえに、鬱や勃起不能などといった副作用もある。それに、この薬はずっと、おそらく死ぬまで飲み続けなければならないという。

このことは、彼にとっては高すぎる代償だった。はげ上がるまでにまだ何年かあること、そしてハゲの男性が好みだという女性もいるらしいということを慰めとするしかなかった。あまり大きな慰めではない。とりわけ、クリスティアン・クラハトのニック・ホーンビィに対する形容を思い出した人にとっては。

とはいえ、あまりこんなことを考えすぎるのもよくない。考えすぎると、それが一種の趣味になってしまう恐れがある。

（4）（Christian Kracht）一九六六年生まれのスイスの作家、脚本家、ジャーナリスト。邦訳書として『ファーザー・ラント』（三修社、二〇〇〇年）がある。

（5）（Nick Hornby）一九五七年生まれのイギリスの作家。邦訳書として『ぼくのプレミア・ライフ』（新潮社、二〇〇〇年）、『ア・ロング・ウェイ・ダウン』（集英社文庫、二〇一四年）などがある。

最終的にこれは虚栄心の問題であり、平均して八歳若く感じるときに支払う代償なのだ。でも、代償はこれだけではない。僕は自分と同年代で子どもがいるという人をあまり知らない。子どもをもつ時期は三〇代半ばか後半だ。今の社会は、若い親という概念を簡単に定義づけてしまうが、これは何となく悲しいことだ。でも、典型的なイメージはほぼそのとおりであり、そのことがまた輪をかけて悲しい。

四〇歳代は新しい三〇歳代だと目されている。それなのに、僕の両親が知り合いの四〇歳代の息子のことを話すとき、その人はなんだかとても歳をとっている人のように聞こえる。

でも、そのあと、僕自身もこの年齢になっていることに突然はっと気付くのだ。

先々週、両親を訪ねたとき、僕がこんな幼稚な冗談を言うと、それをあまり好まない母が勢い込んで僕に尋ねた。

「ミハエル、あんたはいったいいつになったら大人になるの？」

僕は、感謝の目で母を見つめた。

僕のなかの一二歳には、想像以上にこたえたひと言だった。

2 「男は熟し、女は萎(しな)びる」

先週の火曜日、オフィスの陽が燦燦と降り注ぐテラスでタバコ休憩をしているとき、訪ねて来た知り合いのヤンが、妙にハツラツとしていることに気付いた。何となく、いつもより健康で、元気そうに見えた。何と言えばいいのだろうか、何となく若々しいのだ。

この一〇年間続いていたライフスタイルの名残は消え去っていた。とりわけ、目の周囲の肌が普通とちょっと違うぞと思いながら、僕は驚きの目で彼を見ていた。

ヤンには、明らかに何か秘密があるようだ。タバコをやめていないことは間違いないが、もしかしたら食生活を改めたのかもしれない。変化の理由は、そんなごく単純なことなのかもしれない。しかし、それはもっと単純なことだった。

「これ、コンシーラーなんだ」と、僕の疑問にヤンが答えた。そして、ちょっと照れながら早口で付け加えた。

「分かる？」

僕にも分かったように、本当は誰にでもすぐに分かるのだが、僕は慎重を期して「ぐっと近くに寄るとね」と答えた。そしてすぐに、「でも、言わなきゃ分からないよ」と付け足した。ほかにどんなふうに言えようか。

ヤンはほっとしたようにタバコを吸った。やれやれ、危ないところだった。

しかし、なるほど、コンシーラーだったのか。おぼろげにしか知らない製品だったが、机に戻ってインターネットで調べてみると、コンシーラーにはスティックやペンシル、リキッドなどのタイプがあり、正真正銘のオールラウンダーだということが分かった。皺をごまかし、目の下の隈を取り、輪郭を形づくって顔を輝かせるのだ。

ヤンは三八歳だ。いつまでも若々しいことを周囲に証明するために、いろいろと工夫をしなければならない年齢だ。彼はスティックを使っているのだろうか。それともペンシルか、あるいはリキッドなのだろうか。

精神年齢と実年齢の間に存在するこのやっかいな相違は、なかなか扱いにくい問題である。すでに述べたとおり、平均的なドイツ人は実際より八歳ほど若く感じている。それはいい。

でも、朝起きたあとにバスルームの鏡を覗いたとき、何かこう、もうそうとも言えなくなる場合があるのだ。

朝、バスルームにある鏡の前で過ごすこのような時間のなかには、三四歳でも本当は四一歳じゃないかと思う瞬間がある。それに加えて、前夜によく眠れなかったりすると、まさに鏡に映る自分と同じ年齢のように感じる。

となると、平均して八歳若く感じているわけだから、一晩で一五歳も歳をとってしまったことになる。これでは、かなり気分が滅入るというものだ。

それもこれも、すべてはプレッシャーがあるせいだ。今、それも即座に、絶対に何かやらなければならないというプレッシャーが。それには、たとえばタバコをやめてもいいし、アルコールを減らしてもいい。食生活にもっと気を付けてもいいし、睡眠時間を増やしてもいいだろう。そして、化粧品を使ってもいいのだ。

すでに、数年前からメーキャップをしている同じ年齢の男性がいる。やはり彼の場合も、バスルームにある鏡の前で、腫れぼったい顔と目の下の隈をやるせなく見つめたある朝にはじまった。そのとき、彼の視線は、ある夜クラブで一緒になり、そのまま彼の家に泊まった女性が忘れていった化粧品に注がれた。彼は、それを使った。

そして、初心者がよくやるミスをやらかした。アドバイスを受けなかったのだ。運の悪いことに、その化粧品は彼の肌の色には何かしっくりこなかった。というのも、この化粧品の持ち主は、はっとするようなブロンドだったうえに、その肌は日焼けサロンでガンガン焼かれていたからだ。

僕の知り合いは、どちらかというと色白だった。でも、その違いは、あの鏡の前のやるせない瞬間には気付かなかったようだ。それでも、**何かが変わったことは分かった。そして、こんなときにはそれだけで十分なのだろう。毎日、彼は化粧品を使うことになった。**

数日後、彼は重病にかかったが、それを誰にも話さないという噂が届いた。そういうことを誰にも話さずにいると、人は最悪の事態を想像するものだ。至極機嫌がよかった彼だが、それがゆえに悲壮感をいっそう募らせることになった。

ある日の午後、偶然、彼に会ったときのことを僕は絶対に忘れることができない。彼は冗談を言って笑っていたが、僕は何も言えなかった。でも、彼の目の下の隈（くま）は、がんの末期患者のごとく深く黒ずんでいた。僕はもちろん、それを無視することができなかった。それを指摘された彼は、少し腹を立てた。口臭があることを、そっと教えられた人のように。そして、今は彼も、化粧品について教えてもらった賢いヤンのようにコンシーラーを使っている。

その効果には本当にびっくりするが、僕は化粧品を使うタイプではない。実は、三〇歳の誕生日に、ある女友達からQ10配合のフェイスクリームをもらったことがある。歳をとるにつれてよくもらうようになる、あのウケを狙ったプレゼントの一つだ。

でも、僕はそういうプレゼントをもらうといつも困惑してしまう。彼女からもらったプレゼントは、僕を困惑させるばかりか不安に陥れた。この小さな容器は、一年間バスルームの棚で僕を非難するように鎮座していた。そして、そのあと一度も使われることなく、ついに捨てられてしまった。

だが、そのあと事情が変わった。

数年前から、僕はあるフェイスクリームを使っている。五〇ミリリットルで四〇ユーロ（約五〇〇〇円）ほどするクリームだ。**とんでもない値段だが、これを塗ると顔が生き生きするような気がする。**

ここが肝心なのだ。誤解してもらいたくないのだが、僕はスキンケア商品を使う前の人生が無意味だったと思うような人間ではない。そうだとしたら、おそらく本当に心配すべきことだろう。でも、三〇歳をすぎたら、やっぱり少しはお肌に気を付けるべきなのだ。何かしなくては、と思ってしまうのだ。もちろん、そのきっかけになった瞬間を今でもよく覚えている。

　三四歳のときだった。僕はこの年齢にとても満足していた。三四歳というのは素晴らしい年齢だ。ジェームス・ボンド[6]が三四歳であったことは単なる偶然ではないだろうし、ジェームス・カーフ[7]も同じである。ポップカルチャーの二人の鬼才が僕の年齢なのだ。そう思うとほっとした。

　そのときの僕は、付き合っていた一〇歳年下の

アルコナ広場での蚤の市（撮影：Andreas Praefcke, 2008. 5）

彼女と別れたばかりだった。自分から別れを切り出したのに、その後の数日間、僕は何だか気が滅入っていた。問題ばかりだった関係を清算して、本当なら開放感に浸れるはずなのに、そういう気持ちになれなかった。そこで、気晴らしに、知り合いのサーシャとあるバースデーパーティーに出掛けた。

アルコナ広場(8)に面した「ヴェルトエンプフェンガー(9)」という名前のレストランで、三人の女性が三四歳の誕生日を祝っていた。

（6）スパイ小説および映画「００７」シリーズの主人公で、イギリス秘密情報部の工作員。
（7）アメリカのＳＦ映画『スタートレック』に登場する主役ともなった人物。
（8）ベルリン・ミッテ区の中心部にある広場。
（9）世界各国の放送を受信できるラジオ。

ヴェルトエンプフェンガー（Ⓒ JUMP Berlin）

パーティーは、レストランの地下にある、天井がドーム型になった部屋で行われていた。階段を下りているとき、ようやくこの数日間待ち望んでいたあの感覚がやって来た。また元気が出てきたような感覚がし、頬が緩んでいるのを感じた。

でも、部屋に入ってダンスフロアに立ったとき、僕はすでに笑っていなかった。サーシャは場所を間違えたのだ。これは別のパーティーだ。ダンスフロアでは、南米の曲に合わせてほろ酔い気分の女性が数人踊っていた。これだけで、もう十分だ。南米の曲に合わせて踊っている中年の女性たちは、こうすることで自分の若さを実感し、いかにその若さを保っているかを互いに確認し合っていた。

しかし、彼女たちの目はさらに詳しく、それ以上のことを物語っていた。それは、エロチックな読書会で出会う類いの女性たちだった。ベルリンの近郊を走る電車の中で、何を読んでいるのかみんなに見えるように本を持って、『湿原地帯』[10]などを読む女性だった。相手の身を縮ませるようなシングルマザーの目。明らかに、僕たちにとっては場違いな所だった。

サーシャにそう言うと、彼は笑いながら言った。

「いやいや、ここでいいんだよ」

彼は笑って僕の肩に腕を回し、その手で室内全体を囲むようなしぐさをした。

「み～んな同じ年だよ」

その声は、「こういうのに慣れろよ」と言っているかのようだった。

僕は前の彼女のことを思い出し、（これに慣れたいかなぁー）と思った。それから、やけくそになって言った。

「バーはどこ？　とにかくドリンクだ！」

サーシャは「男は熟し、女は萎（しな）びる」と、すべてを説明するかのように言い放った。そして、この言葉は、たぶんすべてを説明していたのだろう。

「何を飲む？」

僕はもう、「何でもいいよ。ウォッカの入っているものなら」としか言えなかった。

四杯目のウォッカ・レモンを飲み終わったあと、魅力がなくもない女性と知り合った。しばらくして、彼女が出し抜けに僕にキスをしたが、僕はなるがままにさせた。**このあと、彼女と寝るには疲れすぎていたのかどうか、よく分からない。**

（10）　イギリス生まれのドイツの女優、司会者のシャルロット・ロシュが二〇〇八年に発表した小説。原題『*Feuchtgebiete*』。性に関する過激な描写で話題を呼んだベストセラー。

パーティー会場を出たのは明け方だった。外に出たとき、初めて陽光のなかで彼女を見た。彼女がタクシーに乗り込んだとき、僕はできるだけ疲れている様子を演じた。そして、「やっぱり家に帰るよ。すっごく疲れたんだ」と言った。

彼女は唖然として僕を見た。そして、鼻息を荒くして怒鳴った。

「じゃあ、自分でやることね」

彼女はタクシーのドアをバタンと閉めた。この夜を締めくくるにふさわしいセリフだった。まさに、論理にかなったセリフだ。そのあとは、彼女が僕と同年代なのだということだけが頭の中を占領していた。

そして三日後、僕は生まれて初めてフェイスクリームを買った。いざ、というときのために。

3 僕たちでなくて、いったい誰が？

つい最近のことだ。とても仲のいい女友達と楽しく過ごしていたある土曜日の夜、その彼女が不意に妊娠を告げた。

「たぶんね」

それは、喜んでいいのか、憂うべきなのかよく分からないといった響きをもつ「たぶんね」だった。

僕たちは、彼女の家のダイニングに置かれてある長いテーブルの前に座っていた。彼女の隣には彼が座っている。この人の子どもなら……と、彼女が生まれて初めて思えた男性だ。彼女は今二八歳、二人とも順調だ。何もかもうまくいっている。基本的には。

チャールズ・ブコウスキー[11]はかつて、「愚か者は自信たっぷりで、インテリは疑念たっぷ

（11）（Henry Charles Bukowski, 1920～1994）アメリカの作家、詩人。『町でいちばんの美女』（青野聡訳、新潮文庫、一九九四年）、『ブコウスキー・ノート』（山西治男訳、文道社、一九六九年）などがある。

りなのがこの世の問題だ」と言っている。ひょっとしたら、彼は正しいのかもしれない。少なくとも彼のテーゼは、僕の女友達には当てはまりそうだ。

「この二年間でキャリアが決まりそうなのよ」

と、彼女は言う。そんな計画を立てていても、子どもができたらすべて水の泡だ。とりわけ、女性にとっては。そのことを知っていた僕は、彼女のためらいを悟って頷いた。

「本当はちょっと早すぎるのよね」と言う彼女に、彼も同意のそぶりを見せる。でも、彼の目にたたえられた温もりはそれとは別の思いを語っていた。

二人はもちろん妊娠について話し合っており、彼は妊娠検査薬を買ってきていた。彼女は、「朝早く、起きたらすぐにやってみるつもりよ」と言う。薬局では、レジの女性が微笑みながら、「ワクワクした午後になりそうですね」と彼に言ったらしい。

その微笑みは、とても温かいものだったそうだ。レジの女性の確信は、二人のそれよりも明らかに深いと見える。

子どもの誕生は、斧のように人生に切り込む。これはもちろん真実にちがいない。その斧は、その前後で時間を真っ二つに割る。そこで、すべてが変わるのだ。

だから、確信をもちたい。自分の子どもには、素晴らしい幼少期を過ごしてもらいたい。いろいろなことをさせてあげたい。保証を、金銭的な保証を与えてあげたい。だから、そのための適時を待つ。すべてがパーフェクトになる時を。

でも、そうすると、ほとんどの場合は早すぎることになる。だから、「今はまだ」というほうを選んでしまうのだ。大事をとって。

次の月曜日、彼女から電話があり、妊娠していなかったと教えられた。彼女は緊張が解けた様子だったけれど、この数日間の疑念と思案はまだくすぶっているようだった。でも、そのうちこんなことを言い出した。

「妊娠したら、本当は喜ぶべきなのよね」

（うーん）と僕は思った。恐らく、彼女は正しいだろう。

大事なことがはっきりするささやかな瞬間があるが、このときがその瞬間だった。この国で何がうまくいっていないかを、またもやはっきりと悟った瞬間。

もちろん、これは制度にかかわる問題でもある。この国の制度に適した人間とは、子どもをもたない市民だ。

必要とされるのは、結局、この制度を支えてくれる労力なのだ。気にかける相手が誰もいなければ、人はフレキシブルに動ける。どんなところに転勤しても平気で、残業時間も気にならなければ。とりわけ、その職場が確実なところであり、自分を認めてくれるのであれば。そして、いつでもどこでも連絡がつくのであれば。

スマートフォンを使えば、連絡を取る方法はいくらでもある。これは仕事とプライベートをごちゃ混ぜにし、アパートを第二のオフィスとして使う場合には最適のツールとなる。もちろん、そこにはあらかじめ設定されているあのプランがある。多くの人が指針としているあのプランが。

それは、大学進学、留学、キャリア、自分にぴったりのパートナー、そして子ども、とクリアしていく。でも、二〇代の終わりに近づくまで、子どもをもつことは許されない。今の世の中では、二〇代前半で子どもをもつと、社会的立場もそこで確定してしまうのだ。

もちろん、これは典型的なイメージにすぎないが、これだって元々どこかで生まれたものだ。そして、この典型的なイメージにぴったりとマッチするケースは、残念ながら「これでもか」というくらい多い。

仕事の世界で夢を実現させたいのであれば、結局は、子どもを視野に入れた理想的な環境づくりが欠かせない。これは、理想の女性を探す場合と少し似ている。絶対にありえない理想を追い求めているという点で。

僕もこれまで、何度も長期間シングルでいた。そうするしかなかったからではなく、「これ」という女性に出会わなかったからだ。

女性に対してとくに気になったのは、些細な事柄だった。理想的な女性だったら、きっと気にならなかったであろう、些細な事柄。

僕は、自分にぴったりの女性はすぐに見つけられないと思っていた。そして、そんな女性が現れたら、すぐにでもシングルを、しかも永遠にやめるだろうと思っていた。

今、こうして振り返ってみると、自分にぴったりの女性を見つけることがなぜこんなに難しかったのかという理由がここにあったと思う。僕は、この人となら子どもをもてると思える女性を探していたのだ。

「僕の彼女は、理想の女性よりイイよ。なんてったって、彼女は生身の人間なんだから」

と、ある男が映画『(500)日のサマー』[12]のなかで言っている。

このセリフは、子どもの誕生にも使えるものだ。僕が知る同年代の親は、計画どおりに親になったわけではない。それは不慮の出来事だった。何となく、予期せぬ子どもができてしまった。子どもをもつことにしてしまった。つまり、その考えを許してしまったのだ。でも、ひょっとしたら、子どもにとってはそれがベストなのかもしれない。

もちろん、僕の周りにも「申し子」はいる。二人の関係を救うために、あるいは二人の関係にもう一度意味を与えるために、子どもをもった人たちもいる。夫婦療法としての子ども――うまくいくことを願うばかりだ。子どものために、そう願う。

子どもをもつということは、もちろん自然な欲求である。でも、女性の場合は、年齢を重ねるとともにこの願いがさっさと独り歩きをはじめることがある。そう、最後のチャンスを逃すのではないかという焦燥感に駆られはじめると。

僕が知るなかでは、二〇代の終わり以降に消滅した恋愛関係を無駄な時間だったと考えている女性が少なくない。彼女たちは、それを失われた時間だと思っている。あんなことがなければ、もっと前に進んでいたかもしれないのに、と。

これは、キツイ響きをもつセリフだ。子どもをもちたいという望みは、元彼（もとかれ）とはあまり関係がなかった。そんなふうにも聞こえる。ひょっとしたら、まさにそのとおりなのかもしれない。

いつだったか、二九歳の女性から、「子どものほうが彼氏より大事」と聞かされたことがある。僕はそのときの彼氏も知っている。彼がまだ子どもを欲しがらなかったので、彼女は彼と別れたのだ。

彼女からその話を聞いたとき、僕は呆然として彼女を見つめた。

（そこまで行ってはならない）と僕は思った。（なんとしても）

でも、僕は男で、カチカチと時計の鳴る音を聞くことが絶対にないという快適な状況にいる。

残念なことに、子どもをもつ人が少なくなる一方で、出産年齢は高くなる一方だ。寿命が延び、今では死亡率が出生率を下回っている。僕たちの社会は高齢化に突き進んでいるのだ。

---

(12)　二〇〇九年に公開されたアメリカ映画。理想の女性に出会ったと信じる男性と、仲のいい友達でいたがる女性を描いたラブコメディー。

ある知り合いから、二〇三〇年にはベルリン市民の二人に一人が五〇歳以上になると聞いた。これは、かなり凄いことだと思う。凄いというのは、その進む方向が愕然とせざるを得ない方向だ、という意味である。

母が僕の年齢だったころ、彼女はすでに二一年間も母親をやっていた。こういう比較に無理があることはもちろん承知のうえで、あえて考えてみよう。

義姉は、旧東ドイツが消滅した年（一九九〇年）に第一子をもうけた。そのとき二三歳だった。今でもときどき、「あのときは、看護師さんから怪訝な視線を投げられたのよね」と話す。一九八九年当時の東ドイツでは、二三歳という年齢はすでに高齢出産の域に入っていたのだ。

これはもちろん、制度ゆえのことである。もしくは、不足の経済[13]ゆえのことであった。旧東ドイツでは、慢性的にアパートが不足していて、結婚していなければアパートに入居する権利が得られなかった。そして、より広いアパートに移ることは、子どもがいないかぎり不可能だった。言うまでもなく、みんなが羨むような状況ではないが、原則として若いうちに親になるのは正しいと思う。

僕に言わせれば、子どもとの年齢差があまり大きくないほうが子どものことを理解しやすい。そして、そのほうが親子の絆が強くなる。

両親が、ベルリンの壁崩壊直後、初めて兄の住むフライブルクへ行ったとき、やたら多くの子どもが祖父母に連れられている様子を見て驚いた。このあたりでは、世代を超えた家族生活がとてもうまく機能しているようだ、と。でも、それは、孫の面倒を見ているおじいちゃんおばあちゃんではなく、ママとパパだった。それを知った両親は愕然とした。

(13)　ハンガリーの経済学者コルナイ・ヤーノシュが提唱したもの。社会主義経済のもとでは、過剰な労働力や資金が経済活動に投入されるため、全般的なモノ不足が発生するという考え。

シャルロッテンブルク宮殿の公園で憩う家族連れ

今では、両親もそんな光景に慣れている。驚きの現象は普通の出来事になった。旧東ドイツでは、壁の崩壊後の数年間で出生数が劇的に減少した。何と三分の二も減ったのだ！　そう、制度の変化については、こんな説明の仕方もある。

今では僕も四〇歳になり、いずれ両親がびっくり仰天して見つめたあの父親の一人になるだろう。

あまり考えすぎないほうがいい事柄が多々ある。でも、人はつい考えすぎてしまう。そして、いろいろと吟味する。先に延ばす。とりあえず待ってみる。それに反対する理由はいつでも見つかるものだ。

「とりあえずまだ」というようなセリフが、僕たちの人生にずっとつきまとっている。残念ながら、これは事実だ。

僕たちはいつも適時を待っている。引っ越しの時期、会社を辞める時期、別居する時期、あるいはそう、子どもをもつ時期。でも、確かな生活を求めるがゆえのこんな思慮は偽りなのかもしれない。人生で一番素晴らしい瞬間を失うことになるかもしれないからだ。

僕がかつて、当時の彼女と一緒に暮らすことにしたのは、付き合い出して四か月が経ったときだった。あっという間に僕たちが一緒に暮らしはじめたことに、「とても驚いた」と白状する友人が何人か現れた。みんな、「性急すぎると思った」と言っていた。そして最後には、「どのくらいもつか?」という賭けがはじまっていた。でも、僕はそうは思わない。うまくいくかいかないかは、早い時点で気付くものだ。

別々に住みながら、五年間、彼氏と付き合っていた女性がいる。彼とは週に二、三回会っていた。あるとき、一緒に二週間の休暇に出掛けた。これだけまとまった時間を一緒に過ごすのは初めてだった。休暇から帰ると、二人はそのまま別れてしまった。

結局は、二人のシングルが、五年という時間を一緒に過ごしていただけだった。ただ、それだけのことだった。

二人は、次の一歩を踏み出そうとしなかった。それはそうしたくなかったからだが、二人はその事実を絶対に認めようとはしなかった。問題はここなのだ。相手とかかわり合うということ。物事を前へ動かすということ。

ひょっとしたら、僕たちはごく簡単なことを自問すべきかもしれない。つまり、人生に生きる価値を与えるものは何なんだろう、と。

僕に、わが子を初めて抱いたときの話をしてくれた男性が何人かいる。それは、感極まる、他人にはほとんど分からない経験にちがいない。

誰もが何かこう、この世に何かを残そうと一生懸命になっている。これはみんなが感じていることだと思うが、子どもより意味のあるものを残すことはできないだろう。それが、僕たちがここにいる理由なのだ。

「今はとりあえずまだ」と繰り返してばかりいると、まだ若すぎるとずっと感じていたのに、ある日、突然、もう歳をとりすぎてしまったと感じることになるかもしれない。

そう、まったく思いもよらないときに。

4 「スティフレンズ」の世界の中で

すでに味わった人もいるだろう。何年ぶりかで同級生に偶然出会ったときの、あの何とも興ざめしてしまう気持ち。「スティフレンズ」(14)も、ちょっとそんな感じだ。

時々ふっと感じる、あのメランコリックでノスタルジックな理由から、僕はこのポータルサイトに登録した。ここで、かつての同級生を数多く見つけた。そして、驚愕した。

写真をしげしげと眺め、三〇代半ばという年齢がどれほどの歳なのかをよく理解した。でも、僕の驚きは見た目のせいばかりではなかった。写真のなかの人々は、僕の思い出と縁もゆかりもない人のように見えたのだ。

だから、僕は同窓会には行かない。思い出を壊したくない。

---

(14) 通学した学校別に登録して、以前の同級生と連絡を取り合うポータルサイト。

同級生のユリアから新居パーティーの招待状をもらったときも、やっぱり行かないことにした。その場も、きっと同窓会のようになるに決まっている。

僕は、まるでシャツを着替えるようにコロコロと住む街を替える人の気持ちが分からない。一方、直径一〇キロメートルや二〇キロメートルの範囲だけで生活している人にも不安を覚える。ユリアは、それを七キロメートルでやってのけた。

三人目の子どもが生まれたとき、彼女はケーペニック[15]出身の夫とともにビースドルフ・ジュート[16]にあるセミ・デタッチドハウス（二世帯が入っている一軒家）に引っ越した。ビースドルフ・ジュート

ビースドルフ・ジュート（ⓒ Axel Mauruszat）

はベルリン市区の一つで、一戸建てが延々と続いており、それはドイツ最大の規模を誇るほどだ。

このこと、つまり一戸建てが延々と続いている様子を思い描いてしまったことも、ひょっとしたら、ユリアの招待を受けなかった理由の一つだったかもしれない。

僕が今でも定期的に会っている唯一の同級生アンドレアスにも、ユリアから招待状が届いていた。

「パーティーに行くのか？」と、僕に尋ねる。

「行かない」と、僕はきっぱり返事をした。

「一人じゃなぁ……」

「行ってくりゃいいじゃん。絶対、楽しくなるよ」

皮肉のつもりだったが、彼はこのひと言に納得して出掛けることにした。

パーティーは先週の土曜日だった。そして翌日、彼は疲れ切った様子で電話をかけてきた。

（15）（Köpenick）ベルリンの行政区の一つ。二〇〇一年にトレプトウと合併し、現在はベルリン最大の区となっている。
（16）（Biesdorf-Süd）一戸建てや二戸建てが多く建つベルリンの一地区。ケーペニックの北西に隣接する。

何かが起こったのだ。

「で、どうだった?」と、僕は恐る恐る尋ねた。

「それがさ……」と、アンドレアスが話しはじめた。

彼は、ビースドルフ・ジュートがどこにあるのかもよく知らなかった。そして、ユリアとリンクする当時の思い出は、今の彼女にもそのままつながっているものと思い込んでいた。「ビースドルフ・ジュート」と耳にしただけでなぜか彼の心は重くなったが、まあ、とくに気にするほどのことでもない。

玄関の呼び鈴を鳴らすと、赤い顔をした見知らぬ女性がドアを開けた。彼女は大声で笑って、アンドレアスを招き入れた。廊下に入ると、プロセッコ（スパークリングワイン）の入ったグラスを手渡された。

何だか変だった。彼女は無理に上機嫌を装っているように見えた。笑っているのに、口の端はあの悲劇的なひきつりで歪んでいた。

そして、目もやはり笑っていなかった。彼はとりあえずプロセッコを飲んだ。グラスを置くと、彼女が手を差し出しながら「ウーリよ」（ウルリケの愛称）と自己紹介した。

ウーリだって?! アンドレアスは愛称が大嫌いだった。たぶん、「ウーリ」のような愛称があるからだろう。女性から性的魅力を奪い取ってしまう呼び名だ。

「ハロー、ウルリケ。ユリアはどこにいるんだろうか？」

「庭にいると思うわ」

彼は頷くと、さっさと廊下を出てキッチンを横切り、小さな階段を下りて猫の額のような庭に出た。そこには、三〇人ほどのゲストがいた。赤い顔をしている人が多い。知っている顔はなかった。

ふと、大仰なジェスチャーで二人の女性に向かって、一生懸命話しているユリアの姿が目に入った。その姿はウルリケを思い出させた。

（なんてこった！）と、彼は思った。三人とも彼と同年代なのに、すでに性的魅力を失っていた。おそらく、それは髪型のせいだろう。

アンドレアスは、彼女たちの顔のなかに、何か見覚えのあるものを見つけ出そうとした。それこそ、ユリアと一緒にいる二人も知っているいる女性かもしれないし、みんなをリンクさせる共通の思い出があるかもしれない。

でも、何もかも、とても遠かった。遠すぎた。彼は鳥肌が立つのを感じた。それらのすべてをたぐり寄せることに自分のなかの何かが抵抗しているとでもいうように、彼はそこに立ちすくんだ。

すると、ユリアが自分の名前を呼ぶのが聞こえた。彼は周りを見回して、探すふりをした。彼女は笑いながら彼に手を振っていた。アンドレアスも笑って手を振り返した。

「アンディ、来てくれてうれしいわ！」と、ユリアが叫んだ。上唇の上には、汗が小さな玉になって連なっていた。

「引っ越しおめでとう！」と彼は言い、ハグしてプレゼントをわたした。ゲスト用バスルームに置くマガジンラックだ。ユリアは招待状に、それぞれ持ってきて欲しい贈り物を書いて寄こしていた。それには写真もついていて、おまけにその品物を買える店のアドレスまで記載されていた。

偶然に委ねられることは何一つなかった。このマガジンラックを、ユリアがアンドレアスの名前で注文していてもよかったくらいだ。そんな行動すらも、彼女にはぴったりだった。

彼女は実用主義者だった。おそらくこれは、泊まり客に「絨毯すり減り料」を要求したり、クリスマスプレゼント用に買った品物の値札をはがして、もっと高い値札に貼り替えたりしていた両親の影響だろう。

ユリアはそんな両親のもとで苦しんでいたが、年を追うごとにだんだん両親に似ていった。生まれつきの性分を変えることはできなかった。

ウルリケから手渡されたシャンパングラスは、いつの間にか空になっていた。

それでもアンドレアスは、まだ友人の輪のなかの異邦人だった。これを打開するには、もっと強烈なものが必要だった。

ユリアがそばにいた二人の女性を紹介した。

「ジャニン、フェレナ。こちらはデア（Der）・アンドレアスよ」

「デア・アンドレアス？」と、彼は思った。

名前にどうして冠詞を付けるのか、理解できなかった。[17] 変な響きだった。この場には適さ

（17）　ドイツ南部では人名に冠詞をつける習慣がある。

ない、不自然な感じがした。

以前、彼女はこんな話し方をしなかった。きっと、勤め先のメガネチェーン「フィールマン」の支店長がそんな言い方をするので、気に入ってもらおうと、いつの間にかこんな話し方をするようになったのだろう。

ディ・ジャニンとディ・フェレナは同僚だろう。三人とも感じがよく似ている。フィールマンの社員は全員メガネをかけなくてはならないと聞いたことがあるが、そのとおり、彼女たちもみんなメガネをかけていたうえに化粧もかなりキツかった。凝ったフレームのメガネは、三人を老けさせていた。

「みんなスティフレンズに入ってるの？」と、ユリアが尋ねた。

「登録はしてるわ」と、フェレナが答える。「みんなを見つけられるからね」

「いや」とアンドレアス。「俺はやってない」

「絶対に登録したほうがいいわよ。みんな入ってるし」

「へえー」

彼は、「みんな」とはいったい誰のことなのかとふと思った。

自分の周りには、スティフレンズのユーザーは一人もいない。登録するなど考えたこともなかった。フェイスブックはやっている。これだけでも、おそらくすべてを物語っているはずだ。これは、社会を分断する真の切り込みなのだから。

「そのうち見てみるよ」

今や、アンドレアスには口実が必要だった。そうだ、ビュッフェに行こう。ビュッフェはいつでもよい口実になってくれる。

家の中に入っていたアンドレアスだが、再び小さな階段を下りて庭に出た。すると、黒ずくめの太った男が目についた。彼は、二人の女性とともにビュッフェのそばに立っていた。片手にウォーターグラス、もう一方の手に赤ワインのボトルを持ち、ワインをグラスにひっきりなしに注いではこぼしまくっていた。

アンドレアスが自分のほうを見ていることに気付いたとき、その太っちょは轟くような笑い声を発して、手を振りながら彼の名前を呼んだ。二人はどうやら知り合いだったようだ。そういえば、見知った顔立ち、あの笑い声にも聞き覚えがある。でも、誰だっただろう？まだアンドレアスには分からなかった。

「凄いな、アンディ。何年ぶりだよ。一〇年くらいか？　凄いな、元気か？」

ヨヘンだ。ヨヘン・シュヴコフ。着ているTシャツから察するに、彼はまだあの気の滅入る音楽を聞いているようだ。当時、休憩時間のたびに聴かされ、その日の午後をすっかりダメにしてしまった、あの音楽。

ヨヘンには強いベルリン訛りがあった。当時から、彼独特の雄弁術には文法のミスが愛情いっぱいに織り交ぜられていたが、当時のアンドレアスはなぜかそれに気付かなかった。

（いずれにしても、こいつはスノッブにはならなかったな）と、アンドレアスは思った。

ヨヘンは薄くて長い髪を三つ編みにしていた。そのせいで、逆に生え際が目立っていた。本人がそれを気にしていないのは明らかだったが、これに比べれば、体重や服装の趣味などはどうでもいい領域と言えた。

「今、来たばかりなんだ」と、アンドレアスは言った。

ヨヘンへの答えにはなっていなかったが、彼は気にしていないようだ。ヨヘンはグラスを飲み干し、またワインを注ぎ入れてアンドレアスと乾杯した。

さて、この肉屋のような男と、いったいどんな話をすればいいのだろうか。今のヨヘンは、あのころの彼にいたかもしれない老け込んだメタボ兄のようだった。何という変わりざまかとかなり唖然としていたにもかかわらず、アンドレアスはとりあえず「元気か？　元気そうだよな」と言ってみた。

ヨヘンの顔はテカテカと光っていた。肝機能の数値が分かるような顔だ。かなりくたばっている感じがする。何かこう、長期失業者のような。まるで、当時の同級生が描いたカリカチュアだ。

（何てこった）と、アンドレアスは思った。髪型によっては、彼の顔はおばさんの顔にも見えそうだ。そう思っただけでも恐ろしい。ひょっとしたら、ヨヘンは髭を生やしたほうがいいのかもしれない。

ほとんどおばさんになりかけているヨヘンが、決まりが悪そうにお腹をさすった。

「元気だよ。元気にしてなきゃな」

アンドレアスは頷いた。

「今、自転車やってんだ。一日おきにね」

と、まだ決まりが悪そうにお腹をさすりながらヨヘンが言う。何だか言い訳のように聞こえた。アンドレアスの問いかけが、何かの傷に触れたと見える。

「へえ。クールじゃん。本格的なツアーとか？」

「いやいや、家のホームトレーナだよ」

「そうなんだ」と、アンドレアスは笑った。「俺のばあちゃんも持ってるよ」

「お、そういや、リディアも来てるよ」と、ヨヘンがベルリン訛りで言った。

「へえ、リディアが。お前ら、まだ一緒なの?」と、アンドレアスは気を遣いながら尋ねた。

「もう二〇年近くになるな」と、ヨヘンは自慢げだ。

「二〇年」

アンドレアスはうつろな眼差しで繰り返した。


彼は、セミ・アタッチドハウスの裏側の外壁を見ていた。それは気が重くなる光景だった。ここにあるのは、人生ではなく単なる継続だった。


仕事をして、子どもをつくり、新しいソファセットやキッチンのために時折ローンを組む。次から次へと大きな買い物をするために、せっせとお金を貯める。人生は、そんなふうに過ごすこともできるのだ。

もう、ここを出たかった。半時間後にはさよならだ、とアンドレアスは思った。遅くとも。

四時間後、彼は地下鉄の地上駅「エルスターヴェルデア・プラッツ」のひと気のないホームに立っていた。発車案内のディスプレイには「14」という数字が光っている。まだ一四分もあった。

　アンドレアスは、イライラしながら視線をビースドルフ・ジュートのほうへ泳がせた。そして、「ビースドルフ・ジュートみたいな場所で一四分も電車を待たなきゃいけないことほど落ち込むものはない」と思った。

　それから、正しいホームに立っているのかどうかを確認するために表示を見た。間違って、プラッテンバウが整然と建ち並ぶヘラースドルフ[18]に行ってしまったりしたら、もう最悪だ。彼は帰りたかった。これ以上、遠くに行きたくなかった。

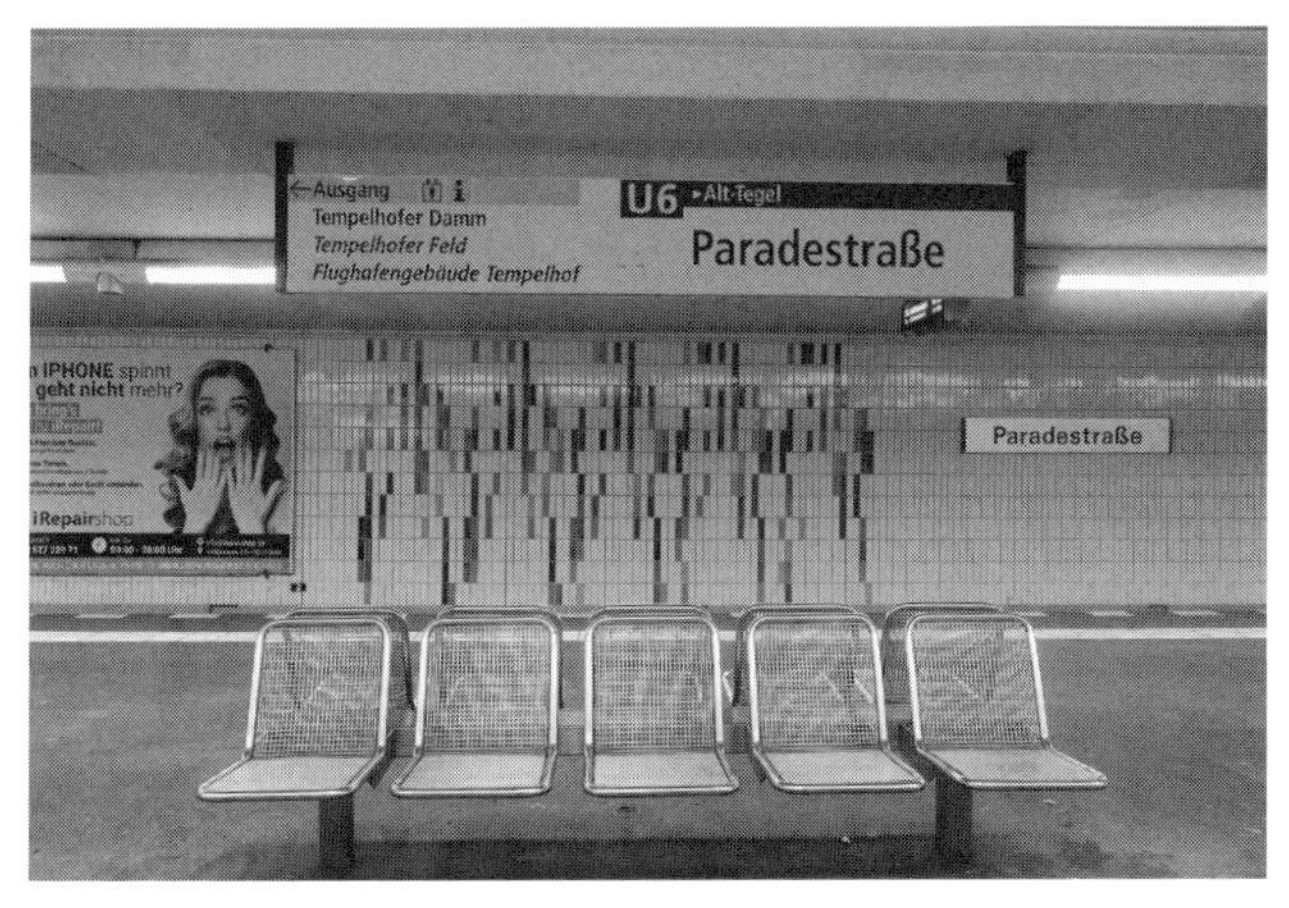

ベルリン東部にある地下鉄駅パラーデシュトラーセ

「こんなことはもう二度としないよ」と、すべて話し終わったあとでアンドレアスが言った。

僕は頷いた。彼から聞いたのは歪んだ世界だった。いわば、僕たちの思い出を醜くしたバージョンだ。

僕も、ユリアやヨヘンを知っている。でも、僕にとってこの二人は、まだ少年時代の美化された一部のままだ。しかし、アンドレアスにとってはそうではなくなった。魔術は消えたのだ。

僕は大きく息を吸った。僕の決断は正しかったようだ。

「こんなことはもう二度としない」

アンドレアスは決意したように繰り返した。

彼の思いが分かった。とてもよく分かった。

5 ベルリンは「ベルリン―ターク&ナハト」にあらず

道を尋ねられる。僕の日常で、コンスタントに発生する出来事の一つだ。本当にしょっちゅうあって、少なくとも一日に一回は道を聞かれる。ベルリンを訪れる熱心な観光客が、みんなで相談でもしているんじゃないかと思うくらいだ。交差点や地下鉄駅、スーパーマーケットの中、そして時には、僕であれば一人でいたいと思うような場所でも。

ちょうど一か月くらい前、フリードリヒスハイン（Friedrichshain）にある「ゴールドフィッシュバー」のトイレで、ある男性から話しかけられた。なんと用を足している最中に！

「こんちは」と、彼はご機嫌な様子で、隣の便器に立ってズボンの前を開いた。

「ハロー」と僕は短く言って、彼を何とか視界から消し去ろうとした。

トイレでは一人でいたい。隣に誰かがいると、何となくリラックスできない。それなのに、

(18)（Hellersdorf）ベルリン東部にある町。小市民が多く住み、失業率の高いエリア。ブラッテンバウとは、プレハブで造られている長屋形式の高層集合住宅。

目の端に映るこの男は、横から僕のことをジロジロと見ているようだ。かなり不躾な態度だった。

（話しかけてくるなよ）と、僕は願った。頼むから、今は話しかけないでくれ。でも、彼は僕に話しかけてきたのだ。

「ねえ、君、この辺のことよく知ってる?」

僕の顔が苦痛に歪んだ。この男は、人との接触に不安を感じないばかりか、タイミングの感覚も欠如しているようだ。そのことを教えてやろうと、彼にオシッコをひっかけそうになったくらいだ。

でも僕は、このような類いのステートメントには適していないタイプなので、このメッセージを視線のなかに要約することにした。ところが、この視線は何となく彼に誤解をされたようだ。

彼は明らかに、（いいねぇ、こいつ。俺は用を足している最中のおしゃべりが一番好きさ）と理解したようだった。というのも、気楽におしゃべりをしているかのような調子で、「このあたりで出掛けるなら、どこがいいかなあ」と尋ねてきたからだ。

簡潔に、僕は「マトリックス」をすすめた。地下鉄ワルシャウアー・シュトラーセ駅にある、世にも恐ろしいクラブだ。これは僕の仕返しであり、彼はそれに値するだけのことをしたのだ。

こんなことを経験したあとは、まったく、なんだってこんなに大勢の観光客が、ちょっと困ったからといって、よりによって僕に話しかけてくるんだよ、と呪いたくなる。

たしかに僕は、自分がこの街をよく知る第一人者だというオーラを発していて、みんながそれに気付くのだろうと思っている。でも、それはもしかしたら、僕が危険人物に見えないからではないかという気もする。話しかけられても、いきなり殴りかかるなんてことはしない人。テレビで見るような、観光客を敵視する危険なベルリンでは僕は安全パイなのだ。

ひょっとしたら、観光客にベルリン旅行でのサバイバル方法を教えるセミナーがあるのかも、などと時々

マトリックス（Ⓒ Matrix）

想像したりもする。

「あの、ジャケットを着て、髭(ひげ)を生やしたブロンドの男に聞けばいいんだよ」と、セミナーの講師が言っているのが聞こえる。「あいつは害がない。君たちに危害は加えないよ」と。

八月初めにオーバーバウム橋[19]の上で話しかけてきたあの若者も、きっとそう思ったに違いない。

「ねえ、君、この辺に詳しい？」と、彼は軽いヘッセン訛りで話しかけてきた。

「コトによるけど。どこへ行きたいの？」

「ここのさ、どのあたりで『ベルリンーターク＆ナハト[20]』が撮影されているか知ってる？」

「ベルリンーターク＆ナハト」と僕は繰り返し、それから言った。

「知らないなぁ」

オーバーバウム橋（撮影：Sarah Le Clerc, 2008. 6. 3）

その若者は目を丸くした。

「君、そもそもベルリンに住んでるの？」

多少の自負心をもつベルリン人は、全員、自らをもう少しよく知るためにこのテレビドラマを見ていると彼は思っていたようだ。

「ここで生まれ育ったんだ」と言うと、彼の表情が和らいだ。

「僕、シルヴィオって言うんだ」と自己紹介をし、たった一つの理由で、「最近、ベルリンに引っ越してきた」と話し出した。その理由が、あのテレビドラマ『ベルリン―ターク＆ナハト』だった。

「あの生命感、あれはここにしかないんだ。分かる？」

「そうだねぇ」とだけ僕は言うと、もう言葉が出てこなかった。

シルヴィオのアプローチはオリジナリティーにあふれていたが、それは馬鹿げているばか

---

(19)（Oberbaumbrücke）シュプレー川に架かる、フリードリヒスハイン・クロイツベルク地域のシンボル的な橋。

(20)（Berlin ― Tag & Nacht）二〇一一年からドイツの民放で放映されている連続ドラマ。ベルリンのシェアハウスが舞台となっている。

りか、不安を呼び起こすものでもあった。

彼は、『ベルリン―ターク&ナハト』に出演する俳優たちのような生活を送りたくてこの町にやって来たのだ！　これは、消化にちょっと時間がかかりそうだ。

でも、そう、このプランはそれほど簡単に実現できるものではなかった。彼は今月初めに引っ越してきたのだが、それ以来、ずっと失望しっぱなしだった。ベルリンは、彼が憧れていたベルリンにはなってくれなかった。この街は、彼から逃げてしまっていたのだ。今、もうすでに。

そして現在、この僕までもが、ここにこうして立っている。

「あのさ、君の夢を壊すつもりはないんだけど……」と、僕は切り出した。

「ベルリンは、『ベルリン―ターク&ナハト』みたいじゃないんだよね。あれはケルン・ポルツ[21]で撮影したっていいんだよ。少なくとも、主人公たちはそんなふうに見えるじゃない？」

僕は、このドラマの一話しか見ていない。情報収集のために。

すごく苦痛だった。何だかポルノ映画を見ているようだった。主人公たちがポルノ俳優のような風貌や話し方をしているからというだけではなく、貧弱なストーリーもポルノ映画を思わせた。そこから、セックスシーンを切り取っただけなのだ。今思い返してみても、この表現は、このドラマをもっとも的確に言い表していると思う。

シルヴィオは絶望的な顔で僕を見ている。何だかちょっとかわいそうになった。そこでひらめいた。

「ヘラースドルフ[22]へ行ってみたら？」

「ヘラースドルフか……」

「幸運を祈る」と、僕は別れ際に言った。

「うん、ありがとう」と言うと、シルヴィオはクロイツベルクのほうへと橋を渡っていった。

少しばかりの間、彼を見送っていたら、ふと彼への同情がなくなっていることに気付いた。それには理由があった。シルヴィオは明らかに、『ベルリン―ターク＆ナハト』に出てくる登場人物をクールだと思っていた。彼らと自分を同一視していたのだ。

このドラマのファンは、ドラマが好きな理由としてよくオーセンティシティ（真正性）を挙げる。でも、そのファンのほとんどは、この言葉を正しく言うことすらできないんじゃないかと思う。

（21）（Köln-Porz）ケルン市南部の古い居住区。一九七五年にケルンに統合された。
（22）一六九ページの注（18）を参照

不思議なのは、明らかにインテリ度に欠ける登場人物と自分をどうして同一視したがるのかということだ。ドラマのなかの彼らは、きっと多くの人が身近に感じる人生感をそのままリアルに表現しているのだろう。そうでなければ、あのドラマがあんなに成功するはずがない。でも、この展開が僕を不安にさせる。品位ゼロの民放リアリティー番組には、『ベルリン―ターク&ナハト』の登場人物の原型であるかのような一般市民が出てくる。彼らには、見せしめになる恥ずべき人間というレッテルが貼られていたのに、このドラマはそれすらもスライドさせていた。

今や彼らはヒーローとなり、視聴者から同一視される人物となってしまったのだ。こうして、自分の欠点や馬鹿なところ、恥ずかしいところなどに言い訳ができるようになった。これらの人物は、今や手本だ。これが、このドラマの危険たるゆえんである。

リドリー・スコット監督(23)の映画『グラディエーター(24)』で、ある元老院議員が「ローマとは何だ？　それは暴民だ。暴民を制御する者がローマをも制御するのだ」と言っている。ひょっとしたら、これはあの民放で連綿と受け継がれている伝統なのかもしれない。

『ベルリン―ターク&ナハト』のような番組がベルリンの全国的なイメージをつくり出していることにはやはり不安を覚えるし、さらにこの街から遠く離れるほど、あのドラマで描かれているベルリンが、より現実的に受け止められているような気もする。

オーバーバウム橋に立っていたあの若いシルヴィオは、今、ここにいる。かなり近くまで来ている。彼は求めていた場所を探した。でも、ベルリンは『ベルリンーターク＆ナハト』に描かれているベルリンにはなれない。ナイーブな僕は、少なくともこれくらいに考えていた。

しかし、何と言おうか、僕は間違っていた。

この間の木曜日、半年間のアイスランド旅行から帰ったばかりの友人と電話で話をした。その数日前、彼は旅行から帰って初めてアレクサンダー広場[25]を通ったと言う。

「信じられん。『ベルリンーターク＆ナハト』から抜け出してきたような奴らばっかりなんだ」

僕は言葉が見つからず、「プライマーク[26]のせいじゃない？」と言った。あのあたりの雰囲

(23)（Sir Ridley Scott）一九三七年生まれのイギリスの映画監督・プロデューサー。代表作に『エイリアン』や『ブラック・レイン』などがある。

(24) 二〇〇〇年公開。帝政ローマ時代中期に剣闘士となった元将軍を描いた作品。

(25)（Alexanderplatz）ベルリン・ミッテ区の北東端に位置する広場。観光のスタート地点として人気がある。

(26) アイルランドに本社を置く低価格ファッションブランド。

気を思い浮かべると、プライマークの袋を下げてアレクサンダー広場を歩く人は、実際『ベルリン―ターク&ナハト』の典型に等しいと言っても過言ではない。少なくとも、その美的センスはそうだし、〈FAZ〉紙によると道徳的にもそうであるらしい。モラルは、外からのみ登場人物のなかに吹き込めるのだそうだ。

彼らはそういうふうに機能している。自分自身のモラル的な感情というものは一切ない。これが、プライマークのファンと似ているところだ。

彼らは、なぜこんなに安いのかと考えることもなく、一ユーロのTシャツや五ユーロのジーンズにさっと手を出す。もうちょっと考える、ということをしない人たち。『ベルリン―ターク&ナハト』の登場人物と同じだ。

昨日、僕はそれを確認するために、またアレクサンダー

ベルリンの中心、アレクサンダー広場

ダー広場へ行ってきた。何と言おうか、友人は正しかった。ここにいるほとんどの人が、『ベルリン―ターク&ナハト』のエキストラのような風采だった。一瞬、本当にあのドラマのワンシーンのなかにいるような気がした。僕は、そこにいるべき人間でないことが一目で分かる異分子のようだった。

ミスキャスト！　シルヴィオを思い出した。彼の質問への答えは、アレクサンダー広場だった。観光客の目的地。あのドラマは、ここで現実になっているように思えた。

人で埋め尽くされた、没個性的な広場を僕は見渡した。自分をもて余しているあまり、ここに来てしまったという感じの若者たちに視線を滑らせた。彼らは、まるでコンクリートの街のなかに彷徨い込んでしまったかのようだ。その眼差しはうつろで、アイディアは何一つ浮かばない人生だという顔をしていた。あるのは消費だけ。

ここにいる自分が、いかに異物であるかと感じている自分に僕は気付いた。そして、急いで階段を下り、地下鉄の駅に向かった。この場所から離れたかった。一刻も早く。

ここから別のベルリンへ。

僕にもっと近いベルリンへ。

6 「いくら積み上げたって、クソはきれいにはならないわよ」

最近、友達のナタリーから映画『ワールド・ウォーZ』(27)の話を聞いた。少なくとも見知らぬ第三者が僕たちの話を聞いていたら、この映画の話をしていると思ったことだろう。でも、ナタリーの話は映画ではなく、この四週間に彼女の身に起こったことだった。その話は僕を不安にさせた。何しろ、この『ワールド・ウォーZ』はゾンビ映画なのだから。

映画のなかでは、ブラッド・ピットが今まさに人類を絶滅させようとしている疫病と闘っている。ハリウッド映画なので、もちろんハッピーエンドだ。でも、ナタリーの場合は定かではない。

僕たちは、夜の九時にフリードリヒスハイン(Friedrichshain)のとあるバーで会った。僕は一五分の遅刻をしたのだが、ナタリーはまだ来ていなかった。少なくとも、そう思った。すると、バーのずっと後ろのほうで見知らぬ女性が片手を挙げ、そばに来いと合図するのが見えた。

たしかに、僕に合図をしていた。テーブルの前まで行っても、まだ分からないくらいだったが、それはナタリーだった。

バーの中はかなり暗いのに、彼女はサングラスをかけていた。顔の四分の三ほども覆ってしまうくらいの、とても大きなフレームだった。僕が腰をかけても彼女はサングラスをかけたままで、注文をするときにもそれを取ろうとはしなかった。

本来、僕たちはすごく気が合うのだが、この日のおしゃべりは今一つだった。それはおそらく、僕がサングラスをかけている人と話すのが苦手だからだ。どうしても戸惑ってしまうのだ。人と話をするときは、その人の目を見ていたい。

「サングラスを外してもらえないだろうか」と恐る恐る頼んでみたが、彼女はだるそうに手を振るだけだった。そして、「できれば外したくないのよ」としょんぼり言う。

何かあったことは間違いない。それも、深刻な何かが。

ドリンクが運ばれてくると、ナタリーはすべてを変えてしまった週末について話し出した。滑り出しはとてもロマンチックに、ラブストーリーではじまった。彼女はある友人を通じて

---

(27)　二〇一三年公開のアメリカ映画。地球にゾンビがはびこるなかで、ゾンビへの感染を防ぐための方法を模索していくＳＦ。

とてもよく分かり合える男性と知り合い、彼としょっちゅう会うようになったという。

万事順調だった。そして彼から、自分のアパートで数日間一緒に過ごさないかと誘われた。それに乗ったのが誤りだったが、そのときはもちろん、そんなことは知る由もなかった。

ナタリーは、日常とおさらばし、リラックスして過ごす数日間を楽しみにしていた。彼のアパートに入ったときも、まだ万事ＯＫという感じだった。でも、キッチンのシンクから汚れた食器があふれそうになっているのを見たときは、ここに一泊するのであれば、絶対に何か手を打つ必要があると感じた。

その衝動は、バスルームを覗いたときにさらに強まった。ほかの部屋に入るときも、モノに触れないように気を付け、翌朝、彼がシャワーを浴びているときにキッチンを片づけはじめた。朝食の前に。

ここでつくったものを食べると思うと、何となく気持ち悪かったからだ。

「ほら、私いつもステリリウムを持ち歩いてるじゃない」とナタリーが言う。「何かのときのためにさ」

ステリリウムとは、医師が手術の前に手を消毒する液体のことだ。

「もう、気持ち悪くてさあ。蓋を開けたまま、脇にずっとボトルを置いていたわ。三分ごとに手を消毒してたわよ」

三分ごと？　僕は一度だけステリリウムを使ったことがあるが、その効果は即座に実感できるほどだ。どんな菌もあっという間に抹殺されるというのに、ナタリーにはそれが効かなかった。そして、一緒に過ごした週末のわずか一日後に身をもって知ることになった。

それがはじまったのは火曜日だった。ヘルペス。

「ヘルペスなら、本来は医者に行かなくてもいいのよ」

ナタリーは薬局で買えるヘルペス用のクリームを使い、感染が治まるまでしばらく様子を見ることにした。ところが、翌朝、ヘルペスは治まるどころか、ひどくなっていることに気付いた。

バスルームの鏡で顔を見ると、口の周りに赤い湿疹ができていた。この発赤（ほっせき）は、午後には目に到達した。そして、それは広がり、さらにひどくなっていった。

「ホントに瘤（こぶ）ができたみたいだったわよ」と、ナタリーは言う。「あちこちにね。やっと一つ消えたかと思うと、別のところにまたできる。もう見られたもんじゃなかったわ。お化粧だって全然役に立たなかった」

ここで言っておかなければならないことがある。彼女の母親は医者だ。ナタリーの顔を見たとき、母親はショックを受けて、よく知っている皮膚科の女医に電話をした。どうやら、一刻も早く医者に診てもらったほうがよかったようだ。

突然、何もかもが高速で動き出した。小一時間後、ナタリーはすでに皮膚科の診療室にいた。でも、先生の「こんなの、見たことがないわ」という診断は、必ずしもナタリーを勇気づけるものではなかった。

「これは単なる感染じゃないわね」と、あっけにとられた女医が言う。「バクテリアの『超』感染だわ。とりあえず、抗生物質を飲みなさい」

ナタリーは病欠することになった。二週間、食料品の買い出しで外出するのみとなった。表に出るときは必ず巨大なサングラスをかけ、誰にも分からないようにした。彼女は社会生活から姿を消した。この感染を誰にも移したくなかったからだ。

ナタリーの数週間は、僕にはまるで『ワールド・ウォーZ』のシーンのように聞こえた。ただ、ブラッド・ピットが出てこないだけだ。

そして、僕はやっぱり彼女をそんな目で見つめていたようだ。

「でも、一週間後にはまた出勤できるのよ」と、僕を落ち着かせるように彼女は言った。でも、それは、かろうじて生き延びた人間の言葉のように聞こえた。それから彼女は、ちょっと考えるようにひと呼吸置いてから続けた。

「バスじゃなかったと思うのよね。キッチンだったのよ。あのシンクよ」

その男はシンクの横にハンドタオルを置き、その上に食器の水きりラックを乗せていた。

「あのハンドタオルは、たぶん、入居してからずっと替えてなかったんだと思うわ」

そして、彼女は由々しき過ちを犯してしまった。その水きりラックを横に動かして、ハンドタオルを持ち上げたのだ。綿くずのようなカビが部屋中を満たし、灰緑色（かいりょくしょく）の層がシンクを覆った。彼女は飛び退いたが、手遅れだった。

「汚染されちゃったわ」

今では、二人はまったく会っていない。彼からメッセージが届いても、彼女は返事すらしない。この週末も、彼はこんなメッセージ[28]を送ってきた。

「キミはホットすぎる！　サーシャ・グレイよりずっとホットだよ」

でも、この元ポルノ女優との比較も役に立たなかった。彼は、すべてを台無しにしてしまったのだ。あるいは、こんなふうに言ってみよう。彼の衛生感覚がすべてを台無しにしてしまったのだ。

これはもちろん極端な例だが、ここには男と女で性格が非常に異なることが如実に現れている。つまり、自分のアパートの清潔さに関する意識の差が。

この違い、僕にも分からないわけではない。

シェアハウス時代に同じ類いの経験をしたことがある。そのころ、僕は二〇代の初めだった。住んでいたのは男ばかりで、僕たちは誰がいつキッチンを掃除するかという分担を決めないまま、ズルズルと生活していた。

だから、当然、誰もキッチンを掃除しなかった。数か月経ったころには、キッチンのドアはもう開けられることがなかった。キッチンに入る者はおらず、この場所は事実上、隔離封鎖されてしまった。その背後に隠されているものを見るのが怖かったのだ。

当時、何を食べていたのかも、もう思い出せない。でも、調理をしなくていいものを食べていたことだけは明らかだ。シェアハウスを出るとき、僕たちは食器を全部ごみ箱に捨てた。

洗うなんて、もうまったく意味をなさなかったからだ。

一人でも女の子が一緒に住んでいたら、こんな生活にはならなかっただろう。

女友達の一人から、彼女のシェアハウス時代の話を聞いたことがある。そこには男が一人一緒に住んでいて、彼は使った皿を洗うことなくシンクに積み重ねていた。彼女はとても勇ましい人間で、我慢が限界に達したとき、彼をキッチンに引っ張っていき、積み上げられた皿を指して、バカにするように言い放った。

「いくら積み上げたって、クソはきれいにはならないわよ」

この言葉は、効き目があったようだ。男どもには、やっぱりある程度のプレッシャーが必要なのだ。

僕が初めて恋人と一緒に暮らしはじめたとき、ある人から、「掃除してくれる人を雇ったほうがいい」と言われた。

（28）（Sasha Grey）一九八八年生まれのアメリカの女優、モデル、ミュージシャン。

た。

僕が思っていたよりもずっと重要な死活問題だったようで、彼は強い口調でこう付け加えた。

「それも、できるだけ早く」と、彼は言う。

部屋の掃除は、もっとも多いケンカの原因なのだそうだ。

「そうしないと、長続きしないよ」

(掃除のおばちゃんか)と、僕は思った。まあ、とくに反対する理由はない。僕も、自らに強いらなければ掃除をしないタイプなのだ。実は、数年前から時々、それも悪くないと考えていたくらいだった。

調子がいいときは、何とか二週間に一回は掃除する。でも、たいていは調子が悪い。誤解しないで欲しいのだが、僕の部屋はいつもきちんとしている。ただ、隅々にまで目を凝らさなければの話だ。

僕にとって、掃除は時間の浪費でしかない。得になることが何もない。もっと価値のある活動がほかにゴマンとある。ここで、そんなことはないよ、と言う人もいるだろう。

どうして自分の部屋の掃除が好きなのか、女性たちが説明してくれたことがある。内に溜め込んだものを発散するため、気持ちを落ち着けるため、あるいは掃除のあと、きれいになったばかりの部屋に立って快感を味わうため。言ってみれば、自分の住み家をもっと意識して感じ取るために。

部屋を掃除すると、やった成果がすぐ目に見えてくる。人生のなかで、こういうことはあまりない。

掃除には、どうやら瞑想的で心理分析的な特性があるようだ。新しいパワーを与え、新しくスタートするという気持ちにさせる。残念ながら、僕はそういう気持ちを味わったことがない。

僕にはそれが分からない。彼女に掃除のおばちゃんを提案したときもそうだった。彼女は僕を数秒間見つめ、あっけにとらわれたまま何も言えなかった。ようやく気持ちが落ち着くと、こう言った。

「赤の他人にプライベートなものをいじらせたくないわ」

（くそっ）と、僕は思った。これは信頼に関する問題だ。これは殺し文句だった。

結局、僕たちは掃除を分担することになった。彼女は、清潔ということにおいて彼女が求めるレベルに僕が達していないことを知っていたので、僕がまず拭き掃除をして掃除機をかけ、そのあと彼女が隅々まできれいにしていった。

僕は一生懸命掃除機をかけたつもりだったが、その後、彼女は僕を連れて、僕がスルーした隅っこを見て回った。二人で、僕の未熟さを視察するかのように。

でも、いつしか彼女はそれをやらなくなった。ラッキーだった。こんなふうに自分の弱点と向き合わされるのは、かなり傷つくものだ。

埃（ほこり）や清潔さ全般に関して、僕たちのかかわり方が異なっているのはまったくもって明らかだった。独り暮らしをしていたとき、洗濯は週に一度で済んでいた。ナイーブな僕は、一緒に住んだら週に二回で十分だと思っていた。

しかし、何と洗濯機は毎日回っていた。僕の想像よりも、なぜか、いつももっと洗うべきものがあったのだ。光熱費の請求書は、開封する前から見るのが恐ろしかった。

でも、もちろんメリットもあった。僕の住む部屋は清潔だった。おそらく、僕の人生のなかでもっとも清潔な部屋だっただろう。そして、掃除は嫌だが、きれいになったばかりの部屋に立つというのは本当に快感だった。本当に、部屋そのものを、これまで以上に意識して感じ取ることができた。

ただし、この清潔さはいつまでも続くわけではない。僕はいつも、あのちょっとした不快さを感じていた。七日後には、また掃除をしなくてはいけないのだ。

物事はうつろうものだという原則が、とても身近に感じられた。永遠の堂々めぐり。同じことを何度も繰り返すかのごとく。無意味に繰り返すかのごとく。

この瞬間、僕は掃除のおばちゃんにお願いするという考えをまだ捨て切れていないことを悟った。

7 音楽がうるさくなったとき

数日前にまたあった。オフィスからの帰宅途中、それなりに魅力的な若い女性に話しかけられたのだ。何か期待できそうなはじまり？　つい、続きを読みたくなるような？　でも、この文はまだ完結していない――残念ながら、と言わざるを得ないことに。なぜなら、この若い女性は単に道を尋ねただけだったからだ。

それは困惑する出来事だった。彼女の質問の仕方に僕は戸惑っていた。

「すみません。オーダーベルガー通りがどこにあるか、教えていただけませんか？」

（わお！）と、僕は揺れる心で思った。

彼女は「いただけませんか」と言った。丁寧語だ！　たぶん、本来はこんなに感動すべきことではないのだろうが、この言葉遣いに僕は心打たれた。胸にズンとくる。今もなお。

自分が感じている年齢と実年齢の間には、すでに説明したように、常にあの「不一致」が存在する。今、僕は四〇歳だ。二〇歳半ばのころ、四〇歳——なんだかすごいなぁ——と聞くと、かなり歳をとっているような感じがした。実際、本当に年寄りに思えた。四〇歳を超えたあとの人生をまったく想像できなかったころというのは、まだそれほど昔の話ではない。そのときは、そこに何か意味が生じるなどとはまったく考えもしなかった。

今ではもちろん、少しばかり見方が変わった。なぜなら、実際の年齢より若い自分を感じているからだ。それでもなお、四〇歳代の男がやりそうな思考を自分がしていることに、時折驚いたりもする。

翌日、知り合いのトーマスにこの若い女性の話をした。トーマスも僕と同じ年齢だ。僕が話し終わると、彼は憂うつそうに頷いて言った。

「ミシャ、俺たち、もう歳なんだよ」

「そうかなぁ」と僕は言いながら、それを否定するしぐさをした。

「そうだって」と、彼は悲しげな顔で言ったかと思うと、その証拠を示す話をはじめた。

数週間前の日曜日の午後、トーマスは犬の散歩に出掛け、「バー25」(29)に代わってオープンしたクラブ「カーター・ホルツィヒ」(30)の前を通った。このクラブにはまだ行ったことがなかったので、ちょっと覗いてみることにした。ありきたりの代物であるはずがない。いろんな話を聞いている。

入り口のほうへ向かい、ドアマンに「犬を連れていてもかまわないか?」と尋ねた。


ドアマンはトーマスをちらりと観察してから、フレンドリーに答えた。

「いや、だめだ。ちなみに、犬がいなくても、あんたは入れないよ」


「あのときは俺、本当に歳をくったと思ったよ」

僕は同情の眼差しで彼を見つめたが、何も言わなかった。それは、果たして歳のせいなのだろうかと、正直ちょっと疑問に思ったからだ。たぶん、トーマス自身のせいだったのではないだろうか。彼は、そういうオーラを発しているのだ。

カーター・ブラウ(撮影:Southpark 2015. 8. 24)

僕はそのオーラを、去年の夏、ベルリンのクラブ「ウイークエンド」[31]の屋上テラスで友人数人と一緒に過ごしたときに感じ取っていた。

このテラスは、アレクサンダー広場に建つビル「旅の家（Haus des Reisens）」の一六階にあり、街を一望することができる。

とても愉快なその時間は翌朝まで続いた。ところが、その数日後、電話でトーマスとその夜の話をしたとき、僕たちはまるで別の夜を過ごしていたのではないかという気がしたのだ。

---

(29)　五六ページの写真、および五七ページの注を参照。

(30)　シュプレー川の川沿いあった元石鹸工場の中につくられたクラブ。オープン当初から三年間の期限つきで営業。二〇一四年からは「カーター・ブラウ」が営業している。

(31)　アレクサンダー広場にあるナイトクラブ。

ウイークエンド。向こうに見えるのは、ランドマークのテレビ塔（Ⓒ Weekend Club）

電話の内容は、何か不安を感じさせるものだった。トーマスが話している間、僕は自分の視野がスライドしていくのを感じた。突然、トーマスの視点で世界を眺めている自分を感じた。あの夜を、彼の目で見ていたのだ。言い換えると、僕は歳老いていたということだ。それも、うろたえるほど短時間に。

トーマスの目で世界を眺めると、僕たちは、ＤＪが夜通しでかけた曲がたった一曲だったかのような、恐ろしいほどミニマリスティックなテクノが鳴り響いているディスコにいた。

そこに着いてからずっと感じていたことを、トーマスはうまく表現することができなかった。おそらく、日曜日の午後にベビーカーを押している父親たちが、ちょうど「ベルクハイン」(32)から出てきた連中に出くわしたときのような気分だったのだろう。

ベルクハイン（© Darkroomduck, 2017. 12. 31）

一度は踊ろうとした彼だが、客のなかに紛れ込んで、自分もほかの人々と何ら変わりのないことを証明しようとしている旧東ドイツの娯楽芸術委員会[33]のディスコ部委員にでもなったような気がしたという。

こんな比喩が適しているかどうか分からないが、ダンスフロアにいた女性はそんなふうに思っていたようだ。少なくとも、トーマスは彼女たちの視線をそんなふうに感じ取っていた。トーマスはまた、「それに、音楽もうるさすぎたよな」と言った。

彼を見ながら僕は、彼の「カーター・ホルツィヒ」での体験について考えた。犬の話もこれとぴったりマッチする。あのドアマンは、彼を一種の「高齢観光客」だと思ったのだ。どうやら、人を見る目があるようだ。

四〇歳になる二年前に、すでに四〇歳という役回りに降伏してしまったトーマス。かなりオソロシイことだ。

もちろん、これは考え方の問題だ。大事なことは、心理学的な年齢ではなく、自分がどのくらいの年齢に感じているのか、なのだ。その好例として僕の母親を挙げよう。

(32)　ベルリンのフリードリヒスハインにある世界的に有名なテクノクラブ。
(33)　一九七三年に創設された。娯楽芸術の促進のほか、政治・イデオロギー的な監視も行っていた。

去年、僕のところに、週刊誌〈ズーパーイル（SUPERillu）〉[34]のパーティー「金の雌鶏」の招待状が舞い込んだ。ドイツの日刊全国紙〈ジュートドイチェ・ツァイトゥング（Süddetusche Zeitung）〉が「東ドイツ人専門のサイコセラピスト」と形容した雑誌だ。

当初は、このパーティーに行こうかどうしようかと迷い、まったく決心がつかなかった。僕は、必ずしも典型的な〈ズーパーイル〉の読者とは言えなかった。

そこに、母の姿が浮かんだ。母は、僕が名前も知らないような東側のスターをよく知っていた。彼らは、母の青春時代の一部だったのだ。母にとってはノスタルジックな夕べになると思われた。

尋ねてみると、「もちろん行く」と言う。

当日は、夜の一一時ごろにアフターショーパーティーがはじまった。実は、僕の家には親への電話は夜の一〇時までというルールがあった。そのあと就寝となるから、どう考えても、ここにいられるのは夜中の一二時までであり、その時間には帰り支度をはじめなくてはならない。少なくとも、僕はそう思っていた。

時計を見ると一一時半。すでに、一〇時ルールを一時間半もオーバーしている。内心、僕は帰る準備にとりかかりはじめた。

ところが、驚いたことに、ここには僕の知った顔がかなりたくさんいた。しょっちゅう声をかけられたので、そのことにはすでに気付いている。もちろん、そのたびごとに母を紹介したのだが、このときの挨拶で、母と僕とでは敬称に関するメカニズムが正反対に働いていることに気付いた。

母は、誰であれ親称（しんしょう）で話しかけられることを好まない。親称に対して、ある程度の価値を置いているのだ。ところが、この夕べは、苗字ではなく名前で自己紹介をすることが暗黙の了解となっていたので、母は葛藤を強いられることになった。そして、何と言おうか、ここでもまた最初の挨拶でいきなり僕の視野はスライドしてしまった。

僕の母は「ハイジ」になってしまったのだ。

これだけでも僕は十分すぎるほどの違和感を覚えたのだが、これはほんの「序の口」でしかなかった。というのも、僕たちは知り合いである〈ズーパーイル〉の編集者を通じてシュテフェンと知り合ってしまったのだ。シュテフェンは、感じは悪くないのだが、知り合って数分後に何かがおかしいことに気付いた。そして、分かった。

（34）ドイツ東部の市場をターゲットにしている。

僕と同じくシュテフェンもシングルで、話をしている間、彼の視線はせわしなく大勢の人の上を飛び回っていた。シュテフェンは狩りをしていたのだ。

こんなシチュエーションに馴染みがないわけではない。でも、それは、僕と同世代のシングルのなかでの話だ。今回は何といってもハイジが一緒なのだ。

四回目、シュテフェンから「あの後ろのほうにいるブロンド」と教えられたとき、ハイジをちらっと横目で見た僕は、今ここで二つの世界がぶつかり合うのを感じた。親が体現するアットホームで純粋で健全な世界と、三〇代半ばのシングルパーティの世界が体当たりしていた。

何か、しっくりこない構図だった。でも、それもすぐに変わった。

僕の母はとても話し好きで、シュテフェンもそれにすぐ気付いた。そして、バーでお代わりのグラスをもらって戻ってきたとき、シュテフェンが母の才能を自分のために使っていることに僕は気付いた。

彼はハイジを利用していたのだ。そしてハイジは、シュテフェンが繰り出す戦略の一部となっていた。

女性と知り合うためには、犬や子どもがいるとよいとよく言われる。でも、連れがその気になりさえすれば、ハイジのほうがずっとうまく機能する。

シュテフェンが気に入った女性を見つけると、母が偶然を装ってその人の前を通りかかり、他愛のない話をはじめる。それから、その女性にシュテフェンを紹介して、姿を消す。母はシュテフェンのために「道ならし」をしていた。

僕はというと、ハイジの二杯目のスプリッツァ[35]を持って、ダンスフロアに立ったまま、唖然としてこの二人を見ていた。信じられない光景だった。まったくもって、何かが狂っていた。

シュテフェンは、ハイジをウィングウォマン[36]として使っていた。そして、見たところハイジは、テレビドラマ『ママと恋に落ちるまで[37]』のバーニー・スティンソン[38]がこれ以上望むべ

（35）白ワインを炭酸水で割ったカクテル。
（36）気になる人と接触する手がかりをつくってくれる人。男性の場合はウィングマンという。
（37）二〇〇五年から二〇一四年まで放映されていたアメリカのシチュエーションコメディ（シットコム）。マンハッタンを舞台に、主人公と友人たちとの交流を愉快に描いた。

くもないウィングウォマンだった。

この夜、シュテフェンは数多くの女性と知り合うことになった。

僕はふと時計を見て、ハイジに「今、何時だと思う?」と聞いた。

「一二時ちょっと過ぎかしらね」

僕は笑いながら、「ちょっと違うな」と言った。「三時半だよ」

三時半! 時計の時間とともに現実が舞い戻ってきた。僕たちは別れを告げ、シュテフェンは、「次は、僕も母親を連れてくる」とハイジに約束した。それからタクシーを呼んだ。

ハイジは四時二〇分にもう一度、「とても素敵な夜だったわ」とメッセージを送ってき

ベルリン・ミッテ区の雨の早朝

た。

俳優のアンソニー・クイン[39]が、かつてこんなふうに言っている。

「六〇歳の男でも四〇歳くらいに感じることがある。でも、それは一日に三〇分くらいのことだ」

そう、ハイジはそれを数時間にわたってやってのけたのだ。そして、これこそが、息子があまり認識することのない素敵な出来事だった。

彼女は、定年退職者という役割に降伏をしなかった。これは、もっとも大事なことである。あきらめない！　大切なのは事実であり、感じ方だ。

老いたときというのは、音楽をうるさいと感じるようになったときであり、ある年齢に達したときではない。

（38）ニール・パトリック・ハリス（Neil Patrick Harris）が演じた、主人公の一番の親友。

（39）（Anthony Quinn, 1915～2001）メキシコ生まれの俳優、画家、作家。映画『炎の人ゴッホ』『アラビアのロレンス』などに脇役として出演。

少し前、日刊紙〈ベルリナー・ツァイトゥング(40)(Berliner Zeitung)〉で、二〇年後にはベルリン市民の半数以上が五〇歳以上になると読んだ。今や、四〇代は「新しい三〇代」と見なされている。三〇年後には、もしかしたら七〇歳でも三〇代半ばくらいに感じるのかもしれない。

そうなったとしても、僕たちには選択の術がない。

でも、何と言おうか、そうなるのが楽しみだ。

8 「若くて無知――お前に似合いだ」

三八歳の誕生日からきっちり三か月が過ぎたころ、僕はあるバースデーパーティーで、数時間前に知り合った女性にある質問をした。

「で、大学では何を専攻してるの？」

他愛のない質問だが、状況を一変させた質問だった。

僕たちは約三時間前に知り合い、楽しくおしゃべりをしていた。会話はうまくかみ合い、何もかもが調和していた。あるいは、こう言ったほうがいいのかもしれない。何もかもが調和していた――彼女が僕の質問に答えるまでは。

「私、大学には行ってないの」

彼女はそう言ったあと、正確に言い直した。

(40)　第二次世界大戦後、初めて発行された日刊紙。

「大学にはまだ行ってないの」

（まだ？）と、僕は思った。

「私、まだ高校に通ってるから」

この瞬間、これまで数時間楽しく会話していた女性は「女の子」になった。

「君、いったいいくつなの？」と、僕は驚いて尋ねた。

「一八よ」と、彼女は自慢げに言う。「一週間前からね」

一週間前から。たった一週間前。この瞬間、ついさっき女性から変化（へんげ）した女の子は「子ども」になった。

「へえー」と、僕は当惑して言った。「遅ればせながら、おめでとう」

僕は三か月前に三八歳になっている。二〇歳の年齢差だ。彼女が生まれたとき、僕は一三年生[41]だった。

彼女の初体験は三年前、僕が初めて女性を知ったのは彼女が生まれる二年前。二人の年齢に関する相関関係が頭の中でグルグルと回り、何か新しい事柄を聞くたびに、それはひどくなっていった。

僕はもう何と言っていいのか分からず、また「へえー」と吐き出した。今やもう、何かすべてを語り尽くしてしまったような感じがした。話すテーマは尽き果てていた。一つの数字によって。

もちろん、そんなことはない、と言う人もいるだろう。

「何もしなくなって、歳なんか自然にとるんだから」

あるいはまた、「大事なのは歳ではなくて、互いにどれだけ理解し合えるかだ」と。

もちろん、そのとおりなのだが、人生ではよくあるように、事はもう少し複雑なのだ。シングルの男は、付き合いたいと思っている女性について、ある程度の理想をもっている。**自分の理想像を彫り上げる。そして、シングルの時期が長くなるほど、この像は非現実的になり、現実から遠のいていく。**

---

(41)　日本では高校卒業学年にあたる。

たとえば、広告会社のコピーライターをしている僕の友人もその一人だ。彼は三年前からシングルで、「未来の彼女はこうあるべき」という、とても具体的な理想をもっている。

自分がヘビースモーカーなので、タバコを吸わない人がいい。吸わない人を好きになれば、タバコを止めるいいチャンスになる。広告業界でないほうがいいけれど、似たような職種で、共通の話題をもつ人がいい。若すぎでもなく、でも歳をとりすぎてもいるのも……つまり三〇の大台を超えてしまっては絶対にダメ。若くても、学生は嫌。

こんなふうに、この友人はルールの網に絡まっている。彼の理想は、三〇代半ばか終わりごろの人がもつ職業経験をすでに体得している、二〇代半ばの若者しか雇おうとしない人事部長の理想のようでもある。おそらく彼は、映画で見るような理想の世界に、すでに深く入り込んでしまっているのだろう。

これでは、彼女が見つかるはずがない。

でも僕も、これほど具体的ではないにしろ、やはりそれなりに未来の彼女に対する理想像をもっている。

僕が探し求めているのは、同じような考え方をしている女性だ。中期的未来に対して似たような目的をもち、似たような期待を抱いている女性。共通項があり、問題の解決の仕方が似ている人。禁域（きんいき）については話し合うつもりはない。禁域は、僕の人生とは無縁なのだ。

一方、二〇代の女性は、僕がすでに二〇年という長い年月の間に経験してきたことをこれから経験していく人である。ひょっとしたら、僕と話が合うのは、僕の兄と同年代ぐらいの彼女の父親のほうかもしれない。このような想像は、何となく僕を落ち着かせてくれるものではあるが。

いずれにしても、大切なのは恋愛関係に何を期待しているかということだ。そして、僕の年代ではもちろん、好きになった人と子どもをもつのかどうかということも考える。しかし、こうなると要求が高くなる。そしてまた、そうなると事は必ずしも簡単には運ばなくなる。

ああ、我らが女性。

「永遠に女性的なるもの、われらを引きて昇らしむ」

ゲーテ(42)の『ファウスト』にある最後の二行はご存じだろう。この作品の目的は、この二行

---

(42)　(Johann Wolfgang von Goethe, 1749～1832) ドイツの詩人、劇作家、小説家。代表作は『若きウェルテルの悩み』『ファウスト』など。

だった。これを僕たちに伝えたいがために、ゲーテはその前に一万二一〇九行の助走を必要としたのだ。

で、まあ、彼は正しい。これに対して異議を唱えることはできない。このセリフは、もしかしたら、僕の文章をひとまとめにしてくれるクリップだと言えるかもしれない。

ああ、ゲーテ。

ゲーテの後期の作品は、ある女性に受け入れられなかったからこそ生まれたという説がある。とても若い女性に。まだ、子どもだったと言ってもよい。ゲーテが彼女に恋をしたとき、彼女は一七歳だった。そして、この男のほうはと言えば、何と七二歳だった！

五五歳の年齢差。

今だったら、彼女が生まれたとき、彼はもう定年退職者だ。あるいは、定年退職前の身分の人とでも言おうか。彼は彼女に結婚を申し込んだが、断わられた。でも、これはクッションを入れた表現だ。実際は、彼から彼女は逃げ、闇夜に紛れてこっそりと姿を消したのだ。

ゲーテはそれにショックを受けて、すっかり気落ちしてしまった。彼は社会と隔絶し、執筆に没頭した。

僕たちは本来、この少女に感謝すべきなのだ。彼女がいなかったら、『ファウスト』は完成を見なかったかもしれないから。

今、このことについて考え直してみると、ドイツ文学では、一般的に男女の年齢差が大きく開いていることが分かる。フォンターネ[43]などは言うまでもない。彼の小説では、老いぼれが未成年に恋をするといったケースがほとんどだ。そして、ゲーテなら『ファウスト』の第一部。一四歳のグレートヒェンに恋をしたとき、ファウストはいったい何歳だったろうか？少なくとも、六〇歳にはなっていただろう。でも、こういうことは、あまり深く考えないほうがよい。

いずれにしても、これはすべて男どものファンタジーだ。

知り合いのクリストフが僕に対して抱いているイメージから考えると、**僕の生活もどうやら、この男どものファンタジーのごとく営まれているようだ。**あの一八歳との体験を彼に話したとき、彼はこう言った。

---

(43)（Heinrich Theodor Fontane, 1819～1898）ドイツの作家、薬剤師。代表作は『セシールの秋』『シュテヒリン湖』など。

「お前いったい何を求めてんだよ。若くて無知な子か？　まあ、お前には似合ってるかもな」

僕は、戸惑いの目を彼に向けた。これを誉め言葉と取っていいのか、中傷と取るべきなのか、よく分からなかったからだ。

「それにさ……」と彼は続けた。「ベッドインするには、この歳の差はやっぱりちょっとなぁって思っていると、ちゃんと言っとかないとな」

「そうか」と、僕はぼそっと言った。

あれは、どうやら褒め言葉だったようだ。でも、このときふと、僕たちの会話が何かすれ違っているような気がした。

ここで言っておかなければならないことがある。クリストフが僕の生活について抱いているイメージは、慎重な言い方をすれば、すべてが事実に即しているわけではないということだ。


それは、僕にこうあって欲しいと願っている彼のイメージだ。現実からはみ出している。彼は、物書きの生活はロックスターのようなものだと思っている。アルコールと女に浸り、さらには、より奔放でより無意味なセックスをしているると思っているのだ。

まあ、いいけど。

ひょっとしたら彼は、『カリフォルニケイション――ある小説家のモテすぎる日常』[44]にちょっと深入りしすぎたのかもしれない。そして僕が、それをくっきりと映し出すスクリーンのように見えたのかもしれない。彼の夢を映し出すスクリーンフィルムのように。

僕の場合は全然違う、ということを何度も説明しようとしたのだが、それはいつも徒労に終わった。どういうわけか、彼の耳にはまったく届かないのだ。

クリストフは僕に対する固定観念をもっていて、周知のとおり、いったんでき上がってしまった固定観念を変えたり、ましてや捨て去ったりするのはそう簡単なことではない。とりわけクリストフのように、このような固定観念にものすごくウエートを置いている場合は。

僕のことをそんなふうに見ているのは、残念ながら彼だけではない。大学でドイツ学を学んだ友達にもこんなことを言われた。

「一八歳の女の子となんか、まともな話ができるわけがないだろ。少なくとも、ある程度の知的水準に達した話なんかできっこない。できるのは、天気の話や流行やパーティーについ

(44) アメリカのテレビドラマ。二〇〇七年から二〇一四年まで放映された。スランプに陥った小説家が引き起こす騒動を描いたラブコメディ。

てだよ。でも、物書きにとっては、一つ、まあたった一つだけど、一八歳の女の子と話し合えるテーマがある。それって、物書きにとって、世界、いや宇宙を決定するまたとないテーマかもしれないな」

そして、いったん言葉を切ってから続けた。

「自分自身についてさ！」

（ありがとう）と、僕は思った。（僕を完璧に言い表してくれた）

続いて彼は、「作家の原動力って何だ？」と大声で尋ねた。

この修辞疑問には答えないようにしようと思ったが、そうしたところで何の意味もなかった。どちらにしても、僕が答えるより先に彼は話を続けていたのだ。

「俺が至極正確に言ってやろう。感嘆、崇拝、賛美だよ。作家は自分の周りに、自分を愛し、驚嘆してくれる人間を集めたがる。でだ、一八歳の女の子以外に、先入観にとらわれることなく、天真爛漫、無条件に愛し、驚嘆してくれるやつなんかいるか？　作家には、ポカンと口を開けたまま、牛みたいにじっと見つめて熱心に話を聞いてくれる女どもが必要なんだ。情けないよな。でも、気持ちは分かる」

情けないけど、気持ちは分かる？　僕の世界へようこそ。

友人たちは僕のことを実際どのくらい分かっているんだろうか、と疑問に思った。彼らが僕に対して抱いているイメージのほうが、明らかに本当の僕自身よりも彼らに近い存在のようだ。

若くて無知。お前に似合い。ああ、そうかい。このくそ野郎！

でも、ひょっとしたらこの友人は、かつてこんなふうに言ったゲーテのことを思い出したのかもしれない。

「女性の愛すべきところは、理性とはまったく別ものだ。我々が愛しているのは、女性の美しさ、若さ、挑発、信頼、性格、欠点、気まぐれ、そして口には出せないほかのありとあらゆることだ。しかし、彼女たちの理性は愛せない」

ゲーテのこの言葉はもちろん女性敵視に聞こえるが、当時の状況も考えてあげなくてはならない。ゲーテは、知的という意味では、どちらかというと地味な女性クリスティアーネと一緒に暮らしていた。ひょっとしたら、彼はこうして自分自身の境遇を相殺しようとしたのかもしれない。

クリスティアーネは彼より一六歳若く、難しい立場にあった。ワイマールの社会から激しく軽蔑され、無視されていたのだ。ゲーテが催し物に招待されても、彼女ははっきりと「のけ者」にされた。でも、ここが彼のよさを物語っているところで、彼は彼女を見捨てなかった。

それにしても、なぜ？　彼女はゲーテと同じく、したたかによく飲み過ごしたものだが、飲酒がその理由ではない。ゲーテは実に酒が強く、それがまた大いなる自慢でもあった。

これが理由ではない。これだけではない。それはセックスだった。

この女性は、ベッドのなかで大胆な妖女と化したのだ。そして、芸術家とは一般的に無縁だと思われていることだが、ゲーテは彼女を裏切ったことがなかった。ただし、それは、彼が異常な心気症患者だったせいもある。

朋輩だったカール・アウグスト公(45)は、よく何やら病気をうつされていたが、二人はしょっちゅう一緒にいたので、ゲーテはその様子を目撃していたのだ。

でも、これももう遠い昔の話であり、今では女性像も異なれば社会状況も異なる。当時は、今より自由が少なかった。愛し合った末の結婚は稀で、実用的な理由による結婚がほとんどだった。

今の僕たちはあらゆる面で自由だ。でも、すべてが自由になったからといって、事がより簡単に運ぶわけではない。

もちろん、恋愛に歳の差は関係ないが、歳やそれまでの経験にかかわる事柄が恋愛に影響を及ぼすことはある。恋愛関係のなかで大切なのは、共通の話題、共通の人生設計、そして共通の目標だ。これらは恋に落ちるための条件ではないが、恋愛の条件ではある。

この最後の段落を読み返すと、何もかも簡単に聞こえるだろう。もっともらしいし、説得力にも富む。それでもやはり、それは想像以上に難しい。

そして、それと同じように、期待していることより難しいのだ。

（45）（Karl August von Sachsen-Weimar-Eisenach, 1757～1828）ザクセン＝ヴァイマル＝アイゼナハ大公。実弟の家庭教師となった詩人のクネーベルがゲーテを紹介した。

訳者あとがき

「スイスドイツ語」という、ドイツ人が聞いても分からないほど極度に訛ったドイツ語が話されているスイスに私は住んでいる。この地で、ドイツ語を使う仕事をしているわけだが、いわゆる「標準ドイツ語」の体得は私にとって永遠のテーマとなっている。日常、耳に入ってくる言葉は前者であり、後者を「体で覚える」ということは、スイスでは期待できない。

翻訳や通訳の仕事をはじめて二〇年以上が過ぎているのだが、もっと語彙を増やしたい、もっと自然に話せるようになりたいという思いが消えることはない。頭のほうは硬化する一方だし、もともと暗記力の弱い私は、一つの単語の意味を何度も調べ直してはため息をつくばかりの日々を送っている。

数年前から、こんな私が「お勉強」の一環として毎朝行っていることがある。現在やっているのは、ドイツ国営放送のメインニュースをネットで見ながらのシャドーイングだ。シャドーイングとは、同時通訳の訓練に使われている方法で、オウム返しで聞いたことを口に出していくというものだ。

　私は同時通訳はできないが、日ごろ一人で家に閉じこもって仕事をしていると言葉を口に出す機会が少ないので、少しでも頭と口を動かそうと思ってはじめることにした。もちろん、聞き取り能力を向上させたいという思いもある。とはいえ、早口のドイツ語にはなかなかついていけないし、モゴモゴ言っているうちにニュースが終わってしまうことも少なくない。

　このシャドーイングをはじめる前、毎朝、「ドイチェ・ヴェレ（Deutsche Welle）」というドイツ国営メディアが外国向けに発信している短い動画を見たり、ポッドキャストを聞いたりしていた。

　ある日、元ブロガーで、今は作家として活躍しているドイツ人男性のインタビューシーンが現れた。その内容はすっかり忘れてしまっているが、休暇中に読むのにちょうどいい読み物だとふと思い、彼のコラムが一冊にまとめられた本を購入した。

　彼は、「同世代の代弁者だ」とドイツで言われていた。大勢の人々が考えていることや、はっきりと言葉にすることはできないが、頭の片隅にいつも留まっているような思いを文字にして、コラムが構成されていた。当時、彼のコラムを掲載していたオンラインマガジンのサーバーがパンクするほどの共感を呼んだという。

休暇中、「どれどれ」と読みはじめ、休暇から戻って数か月後、これまでにも訳書を出版してもらっている株式会社新評論の武市氏に紹介してみようという気になった。軽い読み物のつもりで読みはじめた本だが、内容は鋭い指摘の連続であった。恋愛問題や社会問題についての記述が多く、著者が投げかけている疑問や取り上げている問題は、日本でもよくある現象のように思われた。

武市氏はすぐに反応され、私は出版に向けて動き出した。二〇一六年秋のことである。しかし、日常の大半を占める産業翻訳の仕事が忙しく、本の翻訳は遅々として進まず、時間だけが矢のように過ぎていった。武市氏からの催促が来ないことをいいことに、私は締め切りのある仕事を優先して片づけていたのだ。

そして二〇一八年の春、一時帰国をした際、久しぶりに武市氏を訪ねることにした。そのとき武市氏は、挨拶もそこそこに、次のように言った。

「実は、この本にはかなり関心をもっているんですよ」

「え、そうなんですか?」

「原書はそれほど厚くないけれど、翻訳するとかなりのページ数になるので、上下二冊に分けて出版しましょう」

こんな言葉を聞いた私は、突如発奮し、実家に滞在している間や帰りの飛行機の中でも翻訳作業を進めることにした。

ところが、スイスの生活に戻ると、またすぐにペースダウン。どんなジャンルであれ、一冊にまとめられた書籍の翻訳に取り掛かるときには、それなりの心の準備というか、ある程度まとまった時間を必要とするものだ。細切れで翻訳作業をすると、ストーリーのなかに入っていくのが難しい。

事実、企画として提出していたときの翻訳原稿に武市氏の修正が入り、改めて読み直したときには、正直、愕然とした。私なりに原書の雰囲気を翻訳原稿に織り込んだつもりだったが、武市氏のコメントどおり、その文体は直訳調でギクシャクしたものだった。何十年も翻訳をしているのに、上達の跡が見られない。独りよがりの翻訳をして、文章化をしていたようだ。

たしかに、翻訳という作業は、共訳でもないかぎり一人で行う孤独な作業で、独りよがりに陥りやすいような気がする。同じような仕事をしている人をほとんど知らないので一般的なことは分からないが、長年にわたって一人で翻訳をしていると自分のスタイルに浸りきってしまい、フィードバックをもらうこともあまりないため、立ち位置を見失ってしまうのだ。

そういう意味では、出版社などからの率直なコメントはとても貴重で、「はっ」と我に返してくれる。

ともかく、一時帰国をしたことで出版の目途が立ち、今までのんびりと原稿が届くのを待っていた武市氏から催促メールが頻繁に届くようになった。それは、二〇一九年が明けて間もないころからはじまった。


それでは、本書『大事なことがはっきりするささやかな瞬間』を、なぜ翻訳して日本に紹介したいと思ったのかについて述べていこう。

原書の著者は、一九七五年、東ベルリン生まれのミハエル・ナストである。広告代理店で働いたのちに独立し、ベルリンでの生活についてオンラインマガジンのコラムに書きはじめた。二〇一五年に本書にまとめられているコラムが発表されると、前述したように一週間で一〇〇万人以上がアクセスし、その後に出版された本書もベストセラーとなっている。

その魅力は、日常のふとした会話や出来事を、ユーモアを交えて描写しつつ、そこから現代社会が抱えている問題に切り込んでいくところにある。そして、その内容は、驚くような意外な事実ではなく、たいていは「ああ、たしかにそうだ」と、かつて誰もが何気なく感じたことのある思いだ。鋭い観察力と感性のもち主であればこそ、私たちが日常ふと感じる雲のようなまとまりのない思いでも、辛らつな言葉を混ぜながら文字に起こしていくことができるのだろう。

読者のさまざまな共感はドイツ語圏の外にも拡がった。いわゆる先進国とか工業国とか呼ばれる国々の環境は、今やどこも似たようなものかもしれない。もちろん日本にも、高齢化が進み、結婚や出産の時期が遅くなっているという共通点がある。勤勉でまじめというメンタリティもよく似ている。

日本を離れて三〇年が経ち、数年おきに二週間くらいしか日本に滞在しない私には気づかない部分があるかもしれないが、未来やこれからの世代に対する著者の不安は、私の日本像のなかにも見え隠れしている。

原書のタイトルとなった『関係づくりが苦手な世代』は、邦訳書では続編に掲載されているコラムから取ったものである。その一部分を紹介しておこう。

―――

僕たちが一生懸命になっているのは自分自身のことばかり。つまり、自分自身がブランドになっているのだ。

自らの個性をもっとも適切に表しているものは何かという問いかけを、僕たちほど追いかけている世代はない。僕たちは、自らの生活のモデルづくりに励んでいるのだ。まるで、人生そのものが自分にピッタリのカタログづくりであるかのようにキャリアや容姿をつくり、理想のパートナーを見つけようとしている。

自分の人生にあった枠づくり、いわば型づくりに必要なものを意識して選んでいる。服や音楽のジャンル、あるいは引っ越し先、食生活など、それぞれが「自分」を強調すべきステートメントとなる。そのトドメとして、付き合う人間も。

著者自身も、どうやら「関係づくりが苦手」な人間であると自認しているようだ。自分のなかにはまだ「子ども」がいて、自分のためにやりたいことが山ほどある。だから、彼女ができてもなかなか結婚には至らない。母親にも、「早く大人になりなさい」と言われたという。そして、彼の周りにも同じような男性がたくさんいる。みんな同世代だ。

著者は、そんな自分たちを「現代社会の落とし子」だと言っている。社会のシステムが自分たちをそんなふうにしてしまったのだ、と。モノがあふれ、お金や知名度に重きを置き、デジタル化で直接的な対話がどんどんなくなっていく社会。目は自分に向けられ、どんな風に自分を「売る」のかということがすべての社会。その最たる例が、フェイスブックやインスタグラムであろう。そして、自分を傷つかせたくないから、この社会の枠に自らをはめ込み、深入りをさせないようにしている。それで、幸せだと思っている。結局、ドイツも日本も、あるいはスイスも「平和な社会」と言えるのかもしれない。

こんなことをあれこれと考えてしまう「軽い読み物」、それが本書である。ベルリンっ子たちの日常を、楽しみながら、「そうだ、そう思ったことがあった」と思い出し、自分と今の世の中を少し見つめ直す時間をもっていただけると訳者としてはうれしいかぎりである。

原書には、写真やイラストは一切掲載されていない。しかし、武市氏から「本文に登場する場所の写真が欲しい」という要望が出た。読者が少しでもイメージしやすくなるように、という配慮である。たしかに、多くの日本人がベルリンの街を知っているとは思えない。そこで、秋ごろに二泊くらいでベルリンへ行こうかと考えていたが、ちょうどその時期に仕事が入り、雲行きが怪しくなってきた。

同じ時期、知り合いのカトリンがベルリンに二～三週間滞在して、写真の勉強をすると言う。そこで、カトリンに相談し、ベルリンの街を写真に収めてもらうことにした。私がリクエストした場所にも足を運んでくれたが、晩秋ゆえに欲しかった写真が撮れなかったり、遠すぎて行けなかったりした場所もあった。しかし、新評論編集部が写真を収集してくれてできあがった。

無理なお願いを聞いてくれたカトリンに一言。
Liebe Kathrin, ich bedanke mich recht herzlich, dass du mir deine Fotos von Berlin zur Verfügung gestellt hast!
また、私の縮こまった文章を伸び伸びとさせるべく尽力していただきました武市氏に、心から感謝を申し上げます。そして、本書を手にしてくださった読者の方々には、「続編もありますので、引き続きよろしくお付き合いください」という言葉を贈ります。

二〇一九年三月、チューリヒにて

小山千早

訳者紹介

小山　千早（こやま・ちはや）

1963年、三重県志摩市生まれ。

日本大学短期大学部国文科卒業。1989年、結婚を機に渡瑞。

1994年にゲーテ・インスティトゥートの小ディプロム（Kleines Sprachdiplom）を取得し、翻訳活動を始める。

訳書として、ベルンハルト・ケーゲル『放浪するアリ』（新評論、2001年）H. M. エンツェンスベルガー編『武器を持たない戦士たち』（新評論、2003年）、クリスチャン・ラルセン『美しい足をつくる』（保健同人社、2006年）、『スイスの使用説明書』（新評論、2007年）、『お金と幸福のおかしな関係』（新評論、2009年）がある。

HP：www.koyama-luethi.ch

大事なことがはっきりするささやかな瞬間
――関係づくりが苦手な世代――　（検印廃止）

2019年5月25日　初版第1刷発行

訳者　小山千早
発行者　武市一幸

発行所　株式会社　新評論

〒169-0051
東京都新宿区西早稲田3-16-28
http://www.shinhyoron.co.jp
電話　03(3202)7391
FAX　03(3202)5832
振替・00160-1-113487

落丁・乱丁はお取り替えします
定価はカバーに表示してあります

印刷　フォレスト
製本　中永製本所
装丁　山田英春
写真　Kathrin Kraus
（但し書きのあるものは除く）

©小山千早　2019

Printed in Japan
ISBN978-4-7948-1125-7

JCOPY <（社）出版者著作権管理機構 委託出版物>
本書の無断複写は著作権法上での例外を除き禁じられています。複写される場合は、そのつど事前に、（社）出版者著作権管理機構（電話 03-5244-5088、FAX 03-5244-5089、e-mail: info@jcopy.or.jp）の許諾を得てください。

新評論　好評既刊

ジル・ジョーンズ＆クレア・ウォーレス／宮本みち子監訳、鈴木 宏 訳

若者はなぜ大人になれないのか ［第 2 版］

家族・国家・シティズンシップ

ライフコースの個人化・流動化の下、青年の自立をどう支援していくか
日経・朝日・産経など、各紙絶賛のロングセラー、待望の第 2 版。
[四六上製 308 頁 2800円 ISBN978-4-7948-0584-3]

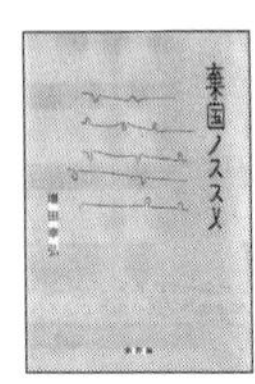

増田幸弘

棄国ノススメ

ニッポンを離れてみたら、いろんなものが剥がれおちた
とかく生きにくいニッポンを離れ、「外国人」として気楽に生きる、
新たな移民の時代へ。海外生活 10 年の経験者による日本脱出記。
[四六並製 276 頁 2200円 ISBN978-4-7948-0997-1]

入江公康

現代社会用語集

学生に大人気の講義が本になった！博学多識の社会学者がおくる、

「あたりまえ」を問いかえす概念の武器としての決定版レキシコン。

[四六変形並製 208 頁 1700円 ISBN978-4-7948-1070-0]

マルク・R・アンスパック／杉山光信 訳

悪循環と好循環

互酬性の形／相手も同じことをするという条件で

カップル、家族、コミュニティからグローバル化経済の領域まで、
人間社会の循環的関係を鮮やかに析出！　贈与交換論の最先端議論。
[四六上製 224 頁 2200円 ISBN978-4-7948-0891-2]

キン・シオタニ／文と絵

人生という限りある時間のなかから永遠を見つけようとする青年

旅するイラストレーター“キンシオ”の原点にして若き日の名作が、
再編集・イラスト完全描き下ろしでよみがえる！
[A5 並製 160 頁 1800円 ISBN978-4-7948-0936-0]

＊表示価格はすべて本体価格（税抜）です。

新評論　好評既刊

ジャン＝クロード・コフマン／藤田真利子訳

女の身体、男の視線

浜辺とトップレスの社会学

真夏の浜辺で展開される「個人の自由」と「規律」のメカニズム。

[四六上製　352頁　2800円　ISBN978-4-7948-0491-1]

ジャン＝クロード・コフマン／保坂幸博＋マリーフランス・デルモン訳

料理をするとはどういうことか

愛と危機

食卓空間とそれが形成する家庭／家族の実体を社会学的に分析し、人間性の深奥に迫る。

[四六上製　416頁　3200円　ISBN978-4-7948-0703-8]

ベルナール・スティグレール／ガブリエル・メランベルジェ＋メランベルジェ眞紀訳

愛するということ　「自分」を、そして「われわれ」を

「生の実感」を求めてやまない現代人。その表現としての消費活動、非政治化、暴力、犯罪によって崩壊するものとは!!

[四六上製　184頁　2000円　ISBN978-4-7948-0743-4]

エレン・ケイ／小野寺信・小野寺百合子訳

〈改訂版〉恋愛と結婚

母性を守り、女の自由を獲得するには―世界的名著の復刻。欧州社会を支配していた封建的保守的な性道徳の概念に真っ向から攻撃した衝撃の書。

[四六上製　452頁　3800円　ISBN4-7948-0351-6]

ロベール・ヌービュルジェ／藤田真利子訳

新しいカップル

カップルを維持するメカニズム

カップルの「自己治癒能力」を高めるカップル・セラピーとは何か。カップル研究の第一人者がカップルに生じる問題を精神療法で解決。

[四六上製　216頁　2000円　ISBN 978-4-7948-0564-5]

＊表示価格はすべて本体価格（税抜）です。

新評論　好評既刊

トーマス・キュング＆ペーター・シュナイダー
小山千早 訳

スイスの使用説明書

こんな面白い国だったのか！

永世中立国、時計の国、ハイジの国、美しいアルプス等、日本人が憧れるスイスとスイス人の真髄を多面的かつユニークに綴ります。

四六上製　276 頁

２５００円　ISBN978-4-7948-0726-7

マティアス・ビンズヴァンガー／小山千早 訳

お金と幸福のおかしな関係

トレッドミルから降りてみませんか

大切なのは「稼ぎ方」より「使い方」

経済学者が贈るお金をうまく使って「幸せに生きるための 10 のヒント」を紹介。

四六並製　340 頁

２８００円　ISBN978-4-7948-0813-4

＊表示価格はすべて本体価格（税抜）です。